新潮文庫

雪沼とその周辺

堀江敏幸著

新潮社版

8233

雪沼とその周辺　目次

雪沼とその周辺

スタンス・ドット

午前十一時から営業をはじめているのに、客はひとりもあらわれなかった。木曜日はいつもこんな調子だからべつに驚きはしなかったが、夜の九時をまわったところで見切りをつけて、壁面照明の電源をすべて落とした。メンテナンスにやってくる担当者さえめずらしがるコーラの瓶の自販機の、ゲームがおこなわれているときには気にもならない冷却モーターの音がずいぶん大きく聞こえる。夜になるといつもおかしくなる耳の調子は、まだ大丈夫らしい。それにしても、ビールやジュースを冷やすために熱が必要だなんて滅茶苦茶《めちゃくちゃ》な理屈だ。冷やせば冷やすほど放熱し、部屋が暑くなる。それを冷やすためにエアコンを入れると、こんどは室外機が熱風を外に吹き出す。暑さは場所を移すだけで消えはしないのだ。このまま仕事をつづけていたら、俺の人生もなにかを冷やすためによけいな熱を出すだけで終わりかねないぞと胃が痛むほど悩んでいた三十代の自分の姿を、しかし彼はもうはっきり思い出すことができなかった。

ふいに自動ドアの開く気配がして目をやると、靴拭《ぬぐ》いのうえで若い男女が中をのぞき込んでいる。背の高い観葉植物が邪魔になって、むこうはこちらの姿に気づいていないようだ。ふたりの会話は、なんとか聴き取ることができた。補聴器をはずさなくてよかった、と彼は思った。

「なんだか暗いな」と青年が言った。「もう閉まってるんじゃないか」

「真ん中のほうは明かりがついてるわよ」

「でも、なんだか暗いよ。ほんとにボウリング場かな」

そこでようやく、青年の目が、針刺しに一本だけ忘れられた細ながい穴のある縫い針みたいな格好でぴんと背筋を伸ばし、黙ってカウンターに立っている彼の目とぶつかった。とにかく頼んでみようと連れをうながし、すたすたと大股《おおまた》で彼のほうにやってくると、こんばんは、と青年は軽く頭を下げた。

「いらっしゃいませ」

「すみません、まだ、やってますか？」と青年は言った。

「あと三十分ほどで閉めるんですが、それでよろしければどうぞ」水のなかにいるみたいに言葉がもごもごと鼓膜の裏側でとどこおる。「一ゲームならお楽しみいただけますよ。どうなさいますか？」彼は青年の唇を注視しながら言った。相手の言葉がとつぜん聞き取れなくなった場合の助けになればと、もうずいぶん前から意識していることだ。

「じつは、お手洗いを貸して欲しいんです」

青年はうしろを振り返った。連れの女性はべつに恥ずかしがるふうでもなく、前に組んだ両手で小さな革製のハンドバッグの細いストラップを握ったまま、まっすぐに立っている。目鼻立ちのいい顔で、顎《あご》を引き気味にしてこちらを見ていた。なにかを我慢しているようなそわそわした感じは見受けられない。

「ずっと走ってきたんですが、車が駐《と》められそうな店はどこも閉まっていて、ここだけ看板に明かりが灯《とも》っていたものですから。お借りしていいですか？」

「もちろんです。どうぞ、この奥を右です」

彼はカウンターの隣の貸しシューズの棚のわきからL字に入っていく細い通路を

示した。一、二歩離れたところで反応を待っていた連れのほうがどうもすみません と目で言って足早に消え、その影が見えなくなったとき、やっぱりぼくも借ります、と青年があとにつづいた。

この山あいの町では、十一月も夜になるとかなり冷え込んでくるのだが、車のなかがあたたかくて上着を置いてきたのか、女性のほうはベージュのセーターにグレーのスラックスという軽装だった。用を済ませば階下の駐車場へすぐに戻るつもりなのだろう。青年はブルージーンズに紺と白を組み合わせたジャンパーで、なんとなく年下のような印象を与えた。人なつこいけれど、失礼ではない感じの話し方だ。年はどちらも二十代なかばだろう。ともあれこのふたりが最後の客になるわけではないようだ。ほっとしたというのか寂しいというのか、これまでに味わったことのない奇妙な感慨が胸をよぎった。

ここリトルベアーボウルは、平たいコンクリートの箱が数本の支柱で持ちあげられているさほど大きくはない二階建てで、階下は吹き抜けの駐車場になっており、外階段に熊《くま》がピンを抱えている電飾はあるけれど、郊外のボウリング場につきものの、あの屋根のうえの巨大なピンはなかったし、壁面は半分に断ち割った丸太を貼《は》りつけてログハウスふうに仕上げてあるので、遠目にはレストランのように見える。五レーンしかない内部もずいぶんこぢんまりしていて、待ち時間をつぶすためのゲーム機はピンボール一台とナインボール用のビリヤードが一台あるきりだ。道路に面したガラス張りの一角は喫茶部になっているのだが、厚手のガラス扉には「本日の営業は終了致しました」という細い鎖でつるされた木の板が掛けられていた。席と席のあいだのボックスになっている仕切りには、緑のプラスチックが繁茂するプランターが組み込まれている。カウンターわきの非常灯の光がその一部を照らし、葉脈のないつるつるした葉が蛍光塗料でも塗られたように光っていた。

妻が元気なころは、こんな小さな飲食コーナーでもなかなかにぎやかだった。脚に軽い障害のあった彼女は、就職で不利になるのを見越して、短大を出たあと調理師の資格を取っていた。それが思わぬ役に立ったのである。ゲーム後の休憩や時間待ちの空間としか考えていなかったから、飲み物と軽食だけのメニューだったのだが、日替わりのサンドイッチがちょっとした評判になり、ゲームと関係なしに訪れる人や持ち帰りを頼む客まであらわれるようになったため、外階段から直接入れるよう改装したらどうかとか、近くにいい物件を見つけて独立した店にしたらどうかとかいう声も出はじめ、彼のほうは真剣に検討してみる気になったこともある。けれども妻はその手の誘いをきっぱりと断った。リトルベアーボウルの名はわたしの旧姓を英語読みしたものなのだし、喫茶部だってボウリング場のなかになければ意味がない、というのが彼女の言い分だった。

五レーンしかない施設だから、景気のよかった時代の週末は、順番待ちの予約を入れてから隣町のショッピングセンターで買い物をして時間をつぶしたりする家族連れも多かった。おおよそこのくらいですと伝えたその時間に間に合わず、レーンを空にしておくわけにもいかないからひとつ飛ばして次の客にまわしたりすると、しつこく苦情を言われたりしたものだ。もっとも彼がまだ中古車販売店を経営していた一九七〇年代初頭は、こんな程度では済まなかったろう。あの時分は一ゲームでも多く、一回でも多くボールを投げたいと望む人々が続々と訪れ、いきつけのボウリング場の社長が、銀行に勤めている高校の同級生から事業拡大を前提とする融資を持ちかけられて、断るのに苦労していると嘆いていたことを、よく覚えている。あれはたしかに異常だった。仕事のあいまを縫ってゲームに興じているだけの彼ですら、こんなブームがいつまでもつづくはずはないと予想がついていた。

東京で会社勤めをしているとき、郷里で中古車販売店を営んでいた父親が亡《な》くなった。しぶしぶあとを継いだ彼は、いっとき冷え込んでいた商売を軌道に乗せ、結婚をし、さあこれからという段になってとつぜん店をたたむと、在庫用の車置き場をつぶした土地にボウリング場を建てた。ブームが去ったあとのことだ。以来、二十数年、世紀の変わり目までなんとか持ちこたえ、気がつくと父親が亡くなったときの年齢を大きく超えていた。妻が逝《い》ったあとは自身の健康状態もしだいに不安定になって、経費節約のために販売店時代から使っているポリッシャーをかついでワックスがけをしたり、技師の手助けをして古い機械のメンテナンスをしたりする体力がなくなってきた。もうそろそろ潮時だ。一カ月前、たったひとりのアルバイトの主婦に暇を出し、彼は廃業の準備をはじめた。今日がその、後始末のための日程を除いての、最後の営業日にあたっていた。

ここを閉じるという話は、どこにも出さなかった。お知らせを出せば、学生時代に仲間と世話になったとか、会社の余興でよく使わせてもらったとか、なんやかやありがたい理由をつけて別れの催しを開こうと音頭《おんど》をとる人が出てこないともかぎらない。開業時にはチラシを刷ってそれなりの宣伝をしたのだから、今回もおなじようなかたちで最後の客寄せをするべきなのかもしれないのだが、彼は静かに幕を引きたかった。黙ってすべてを整理し、落ち着いてから失礼のない挨拶《あいさつ》をしたいと、そう思っていた。

ふいに、聞こえるほうの耳から、どうもありがとうございました、と青年の声が響いて、彼は真正面のレーンのピンデッキにならんでいるお地蔵さんのような年代物のピンを見つめていた目を、声のほうへ移した。青年はあたりを見まわして連れがまだ出てきていないのを確かめると、濡《ぬ》れている両手をぶらぶら振りながら、そこにむけられた彼の視線に気まずそうな表情を浮かべた。リトルベアーボウルの手洗いには、ハンドドライヤーがない。手が濡れているとなれば、うっかりして回転式タオルの入れ替えを忘れていたのだろう。悪いのはこちらなのだが、青年はばつが悪そうに明かりを落とし気味にした場内をぐるりと見渡し、なんだか、さみしい感じですね、と振り返りながら言った。

「機械が古いせいかな」

ちがいありませんね、と彼は応《こた》えた。青年の声には喉《のど》から離れる瞬間に粘り気を帯びたような艶《つや》がある。これまでのところ、左耳の調子もまずまずだ。

「おそらく、いま日本のどこを探してもないでしょう。ピンボーイが活躍しているようなところがあればべつですが」

「くすんでます」青年はちょっとおどけるように言った。

「ええ、くすんでますね。でも、問題なく動きますよ」と彼は笑みを浮かべた。

「本当はもう閉めるところだったんじゃないですか？　まぎわにお邪魔して申し訳ありませんでした」

「とんでもない。なんにせよ、お役に立てて嬉《うれ》しいです。おふたりがたぶん、正真正銘、ここにやって来た最後の方になるでしょうから」

なかをのぞいたときの薄暗く沈んだ印象がよみがえったのか、顔つきが少し変化し、ちょうどそのとき用を済ませて戻ってきた連れの姿を目の端にとらえながら、最後ってどういう意味ですか、と青年はたずねた。

「あと三十分でわたしはこの仕事を辞めるんです。こう見えてもオーナーなんですよ。明日からは営業しません。つまり廃業です。ご安心ください。倒産ではなく店じまいですから。今日はもう、どなたもいらっしゃらないだろうと思っておりました」

言い終えた彼にむかって、どうもありがとうございました、とさっきとは別人のように明るい顔で女性が礼を述べた。やはりずいぶん我慢していたのだろう。県道だから食事のできる場所もあるにはあるのだが、午後九時以降も営業している店は隣接する町の駅周辺にしかない。車なら十五分もあれば行けるのに、それを知らずに飛び込んできたのだから、地元の人間ではなさそうだ。女性のほうにも会話の切れ端は聞こえていたらしく、廃業ってなんのこと？ と彼女は青年の顔をうかがった。

「このボウリング場、今日でおしまいなんだってさ。あと三十分」

「あら、そうだったの」と彼女は目を丸くして彼のほうを見た。「なんだかしんとしてるなって、思ってたんです。大変なときにご迷惑をおかけしてしまって。でも、助かりました」

「いえいえ、わたしはなにもしてませんよ」

しばらく考えたあと、彼はこう切り出した。

「どうでしょう。これも、なにかのご縁です。よろしければ、終業までゲームを楽しんでいってください。もちろん料金はいただきません」

カウンターの後ろの壁にあるスイッチをふたつ、ぱちんぱちんと動かすと両サイドの間接照明が灯って、場内がやわらかいオレンジ色の光に染まった。闇《やみ》に沈んでいたレーンの奥にもその光が届き、灰色のピンが薄桃のジオラマのなかで前景に迫《せ》り出してくる。

「せっかくだから、ちょっとやらせてもらおうかな」

「よしなさい、失礼よ。お手洗いを借りたうえに、ただで遊ばせてもらおうなんて」

「失礼だなんてとんでもない。わたしのほうからお願いしているんです。もっとも、その気がおありならの話ですが。ご自由になさってください」

ひとりで静かに幕を引きたいというさっきまでの想《おも》いとは裏腹に、彼は自分でも意外なくらい親しみのこもった口調で話していた。とつぜん訪ねてきてくれた親戚《しんせき》を引き留めているみたいな、そういう気持ちの動きがなつかしかった。でも、ここで時間を過ごしたら遅くなっちゃうわよ、と彼女は青年に言い、雪沼まで行かなければならないんです、知人がやっている旅館に泊めてもらうことになっていて、と彼に説明した。

「雪沼ですか。この先は山道でカーブが多くて、あまり速く走れませんよ。一時間は見ておいたほうがいいですね」

「ほらごらんなさい。すぐに出たほうがいいわよ」

「安全運転だから大丈夫さ」

「まじめに言ってるの？」

「一ゲームだけだよ」

小さくため息をついて、しかたないわねと女性が言い、彼はそれを機にふたりの足のサイズを確かめ、奥の棚からシューズを取り出した。あたしは結構ですと両手を振る彼女に、いえ、おやりにならなくても、滑りますから、転ばないようにこれを履いてください、とクリーム色の革にえんじのストライプが入ったシューズを手渡した。靴を履き替えるとすぐ、青年はハウスボールをあれこれ物色し、緑の14Lを抱えて戻ってきた。

「真ん中のレーンで投げてください。スコアはわたしがつけましょう。練習なしの、本番です」

ふたりの声をよく聞き取るために、彼はスコアシートを手にカウンターを出て、ボールロッカーと一体になったテーブルに腰を下ろした。ボウリングなんてめちゃくちゃ久しぶりだなあと青年は言って、ラックの横のアプローチにつけられた丸い目印に両のつま先をそろえ、ゆっくり左足を踏み出すと、徐々に勢いをつけ、買い物かごを振りながら歩いて帰ってくる途中でキャベツでも落としたみたいに緑色のボールを投げた。転がすのではなく、足もとにどすんと放られた樹脂のキャベツは、右ガーターすれすれの部分を通り、しかし溝にはかろうじてはまらないよう微妙に変化しつつ一番をかすめて二番ピンの左側へよじれ、ばらばらと六本倒した。三、六、九、十番ピンが残った。

深い岩穴の奥に小石を投げ入れたときの、くぐもった響きが耳に届く。そもそも彼は、古いピンのはじける音が好きでこんな骨董品《こっとうひん》みたいな機械に執着しつづけてきたのだった。レーンもピンセッターもボールも、あれこれ手を尽くした末にたどり着いたロサンゼルスのブローカーを通じて、倒産した古いボウリング場の、廃物になりかけていたブランズウィック社製の最初期モデルを一式、ただ同然で引き取って運ばせたものだ。セッティングの動きものろく、ボールが戻ってくるまでの時間も現在普及している型の倍以上かかる。ピンは交換可能だったが、全体の保守部品が中古でも入手困難になり、この種の遊興器具に精通した腕のいい技術者による特殊なオーバーホールしかない状況であればなおさら、一部分だけあたらしくするのは首のすげ替えのようで納得いかなかったし、ストライクのときすばらしい和音を響かせるかわりにかすかな濁りとひずみがまじるこの時期のピンの音がなにより気に入っていたこともあって、彼はオリジナルをほとんどいじらずに使いつづけてきた。音が均一にはじけ飛ぶのではなく、すべてのピンが倒れたあと、レーンの奥で一度、見えない大きな球になって、ゆっくり加速しながら投げ手のほうに押し出されてくる。それがいちばんよくわかるのは、第三レーンと同一直線上にあるカウンターで、だから彼は、可能なかぎりその場に立つことにしていた。

やっぱり、いきなりじゃあ感覚がつかめないな、と青年はつぶやき、がらごろ音を立てて戻ってきたボールをふたたび手にすると、先ほどとおなじ位置に両足をそろえて三番ピンを狙《ねら》った。ボールはするすると右端に吸い寄せられ、一本も倒さず闇に飲まれた。彼は製図の授業の、Fの鉛筆を使ったときの筆圧で、スコアシートの最初のマスに6と書き、右肩の小さな升目にマイナス記号を引いて、その下にまた大きく6を刻んだ。

「なんだか情けないわね。せっかくのご厚意なんだから、真ん中からずどん、って感じで投げなさいよ」と左側の椅子《いす》に座った彼女がさっそく青年をからかった。

「それを言うなら、ポケットからずどん、だろ。真ん中じゃだめだよ、スプリットになる」

「スプリットって、なに？」

青年がまじまじと相手を見つめた。彼女はボウリングを一度もやったことがないらしい。二年もつきあってるのに、そんなことも知らないなんて知らなかったなと青年はあきれたように彼女を見つめ、スプリットってのは、ピンとピンが離れて残って、あいだがぽっかり空いてしまうことだよと簡潔に説明してから、第二フレームの投球に入った。今度はバックスイングが大きくなりすぎて腕が引っ張られ、なめらかに引き戻すことができなかった。ボールは右ポケットに浅く入って、犬の鳴き声に似た音を響かせた。七本。ノーヘッドで右隅の三本が残されていることを赤いランプが示している。彼は7と書き入れて二投目を待ち、なんとか二本倒したのを見届けて2を右肩の枠にくわえ、その下に15と記した。第三フレームはポケットに入れながらも逆に力が足りず、中央の五番ピンを残した。ぜんぶ倒れると思ったわ、とてもいい音がしたのに、と煙草《たばこ》を吸いながら悔しそうに女性が声を高めた。しかしその音が彼にはうまく届かない。やはりこの時間になると、耳のぐあいがおかしくなる。

右耳には、いく度も調整を重ねてようやく自分のものになった補聴器が入っている。ピンの音がだんだんぼやけてきたのは、三年ほどまえからだ。客の言葉を聞き返すことが多くなり、どうも変だと思いはじめてまもなく、中央レーンの奥から生まれる肉厚な音の伝わり方が左右不均衡になってきた。妻の死後、症状はさらに悪化し、軽いめまいにも悩まされるようになったので専門医を訪ねたところ、突発性の難聴だからストレスを解消すればよくなるとの診断を下されたのだが、ストレスと言えるほどのものはなかったし、じっさいあれこれ検査をしてみてもはっきりした原因はわからなかった。結局、補聴器で補えるところまで補おうという話になってここまでしのいできたものの、回復の見込みはありそうになく、今晩、仕事をすべて終えたら、いずれ役に立たなくなるだろうその仕掛けもはずすつもりだった。レーンを閉じれば、聴きたい音もなくなる。それに、どんなに性能がよくても、器械を通した音には、なにかしら不自然なところがあった。

またしてもスペアが取れなかった青年は、うん、べつにこれは試合じゃないんだからな、と言い訳する。スコアシートには9とマイナスが記入され、24という得点が書き入れられた。単独のゲームが進むにつれ、あまり興味を示さなかった連れのほうがしだいに熱っぽくなって、ボールがピンに触れる瞬間、こぶしを握っているのが見える。第四フレームの一投目は力みすぎて左によれ、わずかに三本。気を取りなおしての二投目は五本。彼はその順序で数字を書き入れ、32と点数を記入した。

中古車販売が天職と言い聞かせて精一杯の努力をしていた三十代なかばのころ、国産車だけでなく大手がやらないような外国車を扱えないものかと、彼は妻といっしょにアメリカへ視察に出かけた。もちろん内実は観光目的で、英語などろくにできないくせにパッケージツアーには乗らず、レンタカーを借りてあちこち走りまわるのはかなり勇気のいる決断だったが、妻の脚を考えれば、列車よりもバス、バスよりも乗用車という選択はごく自然なことに思われた。あれはようやく右車線にも慣れた三日目、走っても走っても道だけの半日を過ごして、ようやく見えたドライブインに入ったときのことだった。妻が手洗いを借りたいというのでレストランの入り口で待っていたのだが、そこから見えるゲームコーナーの一角に三レーンだけの古びたボウリング場があって、トラックの運転手らしい男たちが気分転換をしていた。

ピンの材質はなんなのだろうか。ジュークボックスから流れる音楽と煙草の煙とステーキを焼く油とニンニクの匂《にお》いのむこうから、日本ではあまり耳にしたことのない、ちょっと重たくて、くぐもった感じの、それでいてあたたかい音が響いてくる。ピンセッターのぎくしゃくした動きや、ピンデッキのうえの電飾めいたロゴなどの趣もさることながら、彼はその独特の音色に強く引きつけられた。自分の腰まわりほどありそうな腕をした男たちが力まかせに投げたボールを十本のピンが受け止めると、爆裂するそれらの動きとは正反対の、毛布でくるんだようなじつにやわらかい音を返してくる。その音に、彼は聞き覚えがあった。手洗いから戻った妻の手をとって、彼はレーンのある一角まで連れて行った。

「申し訳ないけど、今日は遠慮してちょうだい。ここに泊まるって決めたわけじゃないんだし、あなたがボウリングはじめたら、いつまでたっても終わらないもの」と妻が言う。

「そうじゃない。音だ」

「どういうこと？」

「ピンの音さ。ピンがはじける音を聴いてみてくれ」

ようやく彼の言葉が理解できたとでもいうように妻はうなずき、そういうときの癖で少し背中を丸めて首を傾けながら耳を澄ませた。

「わかるか」と彼は妻にたずねた。

「わからないわ」

「似てるんだ、ハイオクさんの音に。あの人が投げたあとに降ってきたのは、こういう音なんだよ」

妻に説明しながら、つぎつぎにわきあがってくるレーンの音楽に耳を傾けているうち、しだいに頬が紅潮してくるのがわかった。左右の脚のバランスが悪くて疲れやすいので、妻はスポーツとは無縁で過ごしてきた。彼の好きなボウリングにつきあってはくれても、椅子に座ってスコアをつけるだけでゲームはやらない。といって、つまらなそうにしているわけではなく、ピンがリセットされるあいまに交わす馬鹿《ばか》げた冗談や思い出話のやりとりを楽しんでくれた。だが、あのときの彼の昂奮《こうふん》ぶりが帰国後もいっこうに冷めず、おなじ装置をまるまる一式取り寄せて小さなボウリング場を経営したいなんて言い出すとは、さすがに想像していなかっただろう。

「あの、お疲れですか？」

聞こえるほうの耳に青年の声が滑り込んで、彼はわれに返った。

「第五フレームが七本と二本、第六フレームが八本のスペアです」

あわててスコアに得点を書き込む。スペアは出たけれど、どうも思いどおりにボールが曲がらないなと愚痴っている青年に、備えつけのボールではプロみたいなフックは投げられないんですよ、と言いかけて口をつぐんだ。ハウスボールは右利《き》きでも左利きでも使えるように穴がうがたれ、しかも重心が真ん中に設定してある。よくまわるコマとおなじ道理で軸がぶれないから、極端な曲がり方はしない。反対に、オーダーメイドのボールは重心をずらしてあるため、回転をかけると左右どちらかに傾き、レーンのワックスが途切れた瞬間に摩擦がかかって、蛇が鎌首《かまくび》をもたげたような曲がり方をする。そういう知識をみな、彼はハイオクさんに教えてもらった。

ハイオクさんは、彼が東京郊外にある大学の理学部に通っていたときアルバイトをしていた、ガソリンスタンドの顧客だった。古いけれども手入れの行きとどいた車に乗ってきて、質のいいほうのガソリンを頼むのだが、どこで仕入れた知識なのか、当時はレースでしか使われていなかったハイオクを冗談めかして注文するものだから、店員のあいだでそんなあだ名をつけられていたのだ。口数の多くない彼にも自然と言葉を出させてしまう、親しみやすい雰囲気を持った人だった。

ある日、彼が応対に出ると、助手席に真っ黒なドクター鞄《かばん》らしきものが置かれていた。お医者さんだったんですか、と作業をしながらさりげなくきいてみたところ、いやいや、中身はボウリングの球ですよ、この先にあるボウリング場をご存じですか、エイトプリンシーズボウル、あそこで働いてるんです、とハイオクさんは笑みを浮かべ、一度遊びに来てくださいと誘った。好奇心にかられて、休みの日に友達とのぞいてみると、ハイオクさんはたいそう喜んで、そこではじめて、彼はハイオクさんが元プロボウラーであることを知らされたのだった。ツアーだけでは食えないからレッスンプロとして授業料を取ることでなんとか暮らしを成り立たせていたのだが、ある年、事情があってオフにこっそり働いていた建設工事現場で利き腕の親指に大怪我《おおけが》をし、リーグ戦を闘い抜く力を失った。リハビリにはげんで復帰をめざしたものの、三ゲーム連続でこなすと傷ついた指が硬直して動かず、どんなに厳しい練習を重ねても持久力が戻らなかった。思い描いたとおりの球が投げられないようではプロを名乗るわけにいかないし、レッスン料を取るわけにもいかない。潔癖なハイオクさんは、四十代なかばで引退を決意し、所属先のボウリング場で働かせてもらうことになった。いまは温厚な人柄を慕ってくるプロの卵たちに、勤務のあいまを縫って無料でコーチをしているのだという。

ハイオクさんの教え方はすばらしかった。口頭で簡単な指示を与えるだけで手取り足取りのレッスンはしないのに、アドバイスをもらった人の変貌《へんぼう》ぶりを見ていれば、まわりの人間にも、それがどれほど的を射ていたかがじつによく理解できた。野球のマウンドやサッカーの芝、そしてスケートリンクの氷から容易に想像がつくように、朝と夕方とではレーンの油の乗りがちがい、おなじ時刻でも日によって微妙な感触のずれが生まれること、それを読み解くには豊富な経験が必要なことをハイオクさんは楽しげに語り、求められればスタンスの取り方を図で示してくれたりした。

ただし、まれに披露してくれる実技のほうは、不思議なことにそうした注意事項をことごとく無視するものだった。なにしろフォームからして妙なのだ。へっぴり腰というのかなんというのか、構えるときボールを胸もとまであげず、ベルトのあたりで肘《ひじ》を折ったまま重すぎて持てない西瓜《すいか》みたいにボールをぶらさげ、折った腰のぶんだけお尻《しり》がぴょこんと出たかっこうになる。バックスイングはほとんどなく、投球動作に入った後ろ姿は、まるでかぶりもののペンギンだった。ところが、この窮屈そうなフォームから放たれたボールが音もなくレーンを滑り、彼の耳を魅了しつづけているあの音を奏《かな》でるのだ。ひろびろとした場内の、三十あるレーンすべてでゲームがおこなわれていても、ハイオクさんの投げたボールの音はすぐに識別できた。彼だけでなく、誰もがそうだった。

「……ここで六本かあ……せめて九本欲しかったな」と青年が言う。

第七フレームの二投目でしくじって、ここまで65点。あちこちに考えが散ってしまうせいか、聞こえる音に波ができてきた。第一フレームで聴取しかけた心地よい音の球が、なかなかやって来ない。ちらりと腕時計に目をやったその視線の動きに、お時間は大丈夫ですか、とすばやく女性が反応する。予定の閉店時間を、とうに過ごしていた。ご心配なく、このゲームの終わりがすなわち閉店ですからと彼は笑みを浮かべ、青年にむかって、ピンが残ったら立ち位置を変えてみるといいですよ、と初歩的なアドバイスを送った。ハイオクさんがよくそう言っていたのだ。自分の力やフォームにあわせたアプローチの距離と立ち位置を定めるために、床に埋められたスタンス・ドットのどこに足を置いたら最適かを見きわめること。ファウルラインのスパットとその先にある的をむすぶ軌道を頭のなかで描いて、ピンを凝視しないこと。スペアを狙《ねら》う際には、残留ピンの形にしたがって立ち位置を変え、球の進入角度を調整してそのつど足の置き方をずらすこと。フォームさえ安定していれば、すべてはアプローチで決まる。

ところが、ハイオクさんはどんなに複雑なピンが残された場合でも、ぜったいに立ち位置を変えなかった。目印のスタンス・ドットを一個たりともずらさず、平行ピンが出現してもレーンの端に移動したりしなかった。こういう投げ方では、ピンの配置によってスペア不可能なものが出てくる。試合に勝てなかったのは、そのためだろう。自分のスタンスにたいするハイオクさんのこだわりがどこから来ているのか、彼にはよく理解できなかった。プロボウラーになるまえ、ハイオクさんはおなじプロでも野球の投手を目指していて、ついに大成しないままユニフォームを脱いだ、というまことしやかな噂《うわさ》もあったが、たしかにあの投げ方は、おなじフォーム、おなじリリースポイントから異なる球筋を繰り出す野球のピッチャーのそれに似ていなくもなかった。

ただひとつ確かだったのは、ハイオクさんの投げた球だけが、他と異なる音色でピンをはじく、ということだ。ピンが飛ぶ瞬間の映像はおなじなのに、その一拍あと、レーンの奥から迫《せ》り出してくる音が拡散しないで、おおきな空気の塊になってこちら側へ匍匐《ほふく》してくる。ほんわりして、甘くて、攻撃的な匂いがまったくない、胎児の耳に響いている母親の心音のような音。彼はなんどかその音と立ち位置の秘密をさぐろうとしたのだが、スタンス・ドットは、立ち位置を変えるためのものでなくて、それを変えないためのものなんだよ、わたしにとってはね、と笑って答えなかった。模擬試合の行方を決するスペア狙いでも、ハイオクさんの立ち位置は変わらない。奏でるピンの音も変わらない。それが誰にも真似《まね》できないハイオクさんのスタンスだった。まだつきあっているころから、彼は妻にその話をよく語ってきかせた。ハイオクさんが自身のスタンス・ドットをひとつもずらすことなく亡《な》くなったとの報《しら》せを友人から受けたのは、リトルベアーボウル開業の準備をしているさなかのことだった。

なぜこんなことをつらつら思い出すのか。煙草《たばこ》を持つ女性の左手に、紫色の石のついた銀の指輪が鈍い光を放っている。二月生まれか、と彼は思う。妻もアメジストの指輪をすることがあった。誕生日に彼が贈ったものだ。これを身につけていると、かならずいいことがある、お守りなんだから長生きできるかもしれない、百歳まで生きられそうよ、と妻は根拠もなしによくそう言っていた。

「……百に届くかな」

青年の声に、ぎくりとする。もう大詰めだ。第八フレームの一投目で八本、青年は彼の意見を聞き入れてアプローチを左に移し、十番ピンを対角線に狙ってみたが、右のガーターにつかまった。第九フレームはスペアなしの九ピン。合計82点。大台に届くか否《いな》かは、最終フレームの投球で決まる。すべて終わったら、このふたりにどんな顔をすればいいのだろう。いや、自分にたいしてどんな顔を見せればいいのだろう。意外にも、彼は緊張しはじめていた。

目のまえで、青年が身をかがめて女性になにやら話している。声がずいぶん遠くにあるようだ。かつては彼も、妻の耳もとであんなふうにささやくことがあった。

「……と思……です」と青年が言う。

よく聞こえない。口だけ動いているように見えて、彼は当惑した。

「失礼、いま、なんとおっしゃいました？」

「……ですし、やは……いいと思うんです」

声がとぎれがちになる。青年がそんなふうに喋《しゃべ》るはずはないのだから、こちらの耳がおかしいのだ。申し訳ありません、なんだかぼんやりしてしまいまして、と彼はもう一度詫《わ》びた。補聴器をつけているので、耳が悪いのはふたりとも察しているはずだが、つけていないほうの耳まで聞こえなくなっているとは思わないだろう。

「手洗いを……しようと思……だけなのに……がとう……ました」

ふたりいっしょに立ちあがって頭を下げたのに彼は驚き、まだテンフレームが残っておりますよ、とあわてて言った。

「……もう、じゅうぶんに……いただきました。最後はご自身で投げ……お辞めになるのな……ご自身で締めてくださらなきゃ」

そうか、最終フレームを自分で投げろと言っているのだ。

「いえいえ、せっかくここまで来たんだから、あなたが投げてください」

よく聞こえる。
「もうじゅうぶんです」と、女性のほうが口を開いた。トーンが変わって、今度は
「さあ、どうぞ。あたしたちが勧めるのもへんですけれど」
なるほどおかしな話だ。予想もしなかった展開に、彼はしばし沈黙で応じた。耳の調子が悪くなってから、いや妻がいなくなってから、じつはまったく投げていない。ハイオクさんの音をみずからの手で再現しようという夢もいつしか捨て去っていた。鼓膜に焼きついているあの不思議な音がこのレーンに響いたことは一度もないのだ。試みるとしたら、いましかないのかもしれない。アプローチのスタンス・ドットに落とした目を彼はゆっくりとふたりにむけ、ひと呼吸置いてから、お気づかいありがとうございます、お言葉に甘えさせていただきます、と言った。それからカウンターまで戻り、足もとにある両開きの棚にしまってあった黒い鞄を取り出した。たてつづけに車が売れたとき、そのご褒美《ほうび》としてつくらせたマイボールだ。色は黒、中指と薬指のグリップが浅く、親指がしっくりと穴になじむ。だが、さすがに以前より重く感じられた。この年じゃ、ぴったりする球を使わないと怪我をするんです、と聞かれもしない言い訳をして、彼はアプローチに立った。

百歳まで生きられそうよ、と妻の声がする。百か、と彼は思った。最初の一投でストライク、あるいは二投目でスペアをとり、そのあと八本倒せば百点には到達する。しかし彼が欲しかったのは点数ではなく、あの音だった。取り出したボールを布でひととおり拭《ぬぐ》い、彼は右耳の補聴器を静かにはずした。音が急に退《ひ》いていって、だだっぴろい空間に自分だけ取り残されたような気がしてくる。ボールを抱え、右からふたつ目の印に右足のつま先を合わせる。学生時代から変わらない、彼のスタンス・ドットだ。しかし本当にこの立ち位置でよかったのだろうか。あの音を一度も鳴らしえなかったこの位置でいいのだろうか。もうわからない。背後でふたりが息をつめている。彼はゆっくりと左足を踏み出した。二歩目の移動でもう球筋が見える。今朝のワックスの分量とその分布は頭に入っていた。どの程度滑るのか、どこでフックがかかるのか、彼は誰よりもよく知っていた。このまままっすぐ歩いてファウルライン右端のスパットで鋭く腕を振りあげれば、ボールは一番ピンと三番ピンのあいだをとらえるだろう。だがリリースの瞬間、指がへんなぐあいに抜けて青年そっくりにボールをレーンにたたきつけるような投げ方になり、にもかかわらずレーンに落ちる音がすうっと立ち消えてボールはくるくると滑りながらスイートスポットにたどり着き、あとひと息というところで古いピンの音がガンゴーンガンゴーンといっせいに鳴りはじめ、それが聞こえない耳の底からわきあがる幻聴なのか現実の音なのか区別できぬまま、たち騒ぐ沈黙のざわめきのなかで身体《からだ》を凝固させた彼の首筋に、かすかな戦慄《せんりつ》が走った。

イラクサの庭

小さな虫が這《は》ってもその気配がわかるほどの沈黙のなかで、身体《からだ》を少し動かすたびに、寄せ木になっている樫《かし》の床がぎしぎしときしんだ。寝室とテラス席のある南向きの庭とのあいだには、どこにも通じていない縁側のような廊下があって、部屋とその廊下は、床まである真っ白なロールカーテンで仕切られている。きっちり閉じられていても外のけしきをやわらかく伝えてくるガラスの引き戸のむこうに、かすかな雨の音が聞こえていた。粒子の細かい霧が自身の重みに耐えきれず下へ下へと落ちてくるうちにいつのまにか水の柱をつくり、それが完全なかたちとなるまえに雪まじりの土を打ってはじける春先の雨は、土地の者ならだれでも聞き分けることができるものだが、その日の音はいつにもまして静かだった。ただ、ときおり、水を湿らせた真綿が落ちるみたいに、ぴしゃ、ぴしゃっと大きな水音が響いて、そこだけ妙に重く鮮明な音像をむすんだ。虫の息ではなく、雨の息。肝心なときになると雨が降ると言われたほどの雨女だった先生は、死ぬときだけは神様にお願いして降らせないでちょうだいと実山さんによく話していた。あたたかい雨に見舞われたせいか夜のうちの冷え込みが徐々にやわらぎ、鶯色《うぐいすいろ》の円筒ストーブの残り火だけでも、蒸されるほどの暑さになっている。遺影のまえで、木槌さんも庸子さんも額にうっすらと汗をかいていた。実山さんはしばし迷った末、立ちあがってカーテンをくぐり、引き戸を少しだけ開けた。

十日まえの晩、実山さんが準備した夕食を、いつものとおり寝室のベッドで済ませたあと、小留知《おるち》先生はとつぜん胸が苦しいと訴えて、近隣でもっとも設備のととのっている県道沿いの病院に運ばれた。なんとかひと晩持ちこたえたものの、いよいよ時間の問題だと医師が宣告を下した直後、口もとにひゅうと息を吸うかすかな音がして、乾燥しきった唇がわずかに開き、あわてて身を乗り出した実山さんの耳に、消え入りそうな先生の声がかすかに届いた。なんとおっしゃったんですか、先生、もう一度、言ってみてください、と語りかける実山さんの声に、しかし応《こた》えは返ってこなかった。両の唇を薄くあけたまま、小留知先生はその生涯を閉じたのである。町で行き来があった者数名と、連絡のついた何人かの元教え子たちの手で葬儀がとりおこなわれ、初七日も過ぎてようやく平静がもどった今日、家と土地は雪沼の町に寄付したいとの遺志を受けて、役場の人間と話しあいの場が持たれた。そのあとの慰労の集いのなかで、話題はいつしかあの夜のことに流れていった。

「それにしても、小留知さんはなんといったのかねえ」右あがりの唇をまっすぐにもどしながら、低いがよく通る声で木槌さんが言う。

「あまり急だったので、よく聴き取れませんでした。申し訳ありません」

つきあいがながかったぶん話し方の癖などもよくわかっていたし、去年の秋口から入退院を繰り返すようになって以降はほとんど通訳がわりだったにもかかわらずはっきりと聴き取れなかったことを、実山さんは気に病んでいた。

「いいや、謝ることはありませんよ。あなたが悪いわけじゃない」

「どうもコリザって聞こえたように思うんです。なんのことだか、さっぱりわかりませんけれど」

「コリーダならどこかで聞いたことがあるんだがなあ。最後の頼みだったとしたら、なんとか聞き届けてあげたかった」と木槌さんがしんみりと言う。「もしかすると、荷物のことを心配しておられたんじゃないかしら」いちばん若い庸子さんが、戸外で働いている人間ではないとすぐに知れる真っ白な細い指で、紅茶のカップを包み込むようにして言った。「このあいだ、フランスに頼んだ食器が届かないって、こぼされてましたから。あっちの言葉で、荷物のことをコリって言うそうですよ」

そうかもしれない。荷物のトラブルについてなら、実山さんにも覚えがあった。これまでいく度も頼んで、きちんと対応してくれたパリの専門店に、先生はリモージュ焼きの中皿を数枚注文していたのだ。船便で発送したと連絡があってから四カ月近く経《た》っているのに、まだコリが届かないという愚痴を、実山さんも聞かされていたのである。先生は白くて簡素なリモージュの揃《そろ》いを店のテーブルの数だけ持っておられて、欠けたり割れたりすると、在庫があるかぎりひとつひとつ補っていくのをよしとされた。時代が移ると定番商品でも微妙に色合いがちがったり、意匠が変更になったりして調和がとれなくなるおそれがあるにもかかわらず、一枚のために全部をあたらしくするのは嫌だと言って、必要なぶんだけ買われるのだった。教室での授業や軽食には、このあたりの陶工が焼いた和物なども上手に使われたけれど、スープを中心にした冬場の料理やコースメニューには、いつも数があって素材の色を邪魔しないフランスものを選んでおられた。食器の補充は、習慣として、節度として、また楽しみとしておこなわれていたのである。しかし、いちばん最近、注文書に品番と枚数を書き入れて処理したのが自分ではなく庸子さんだったことを、実山さんはほんのちょっぴり、悔しい気持ちで思い返した。

「なるほど、外国からの荷物とは、息絶えるまでハイカラでいらしたわけだ。いや、そうかもしれませんな」と木槌さんが感心したように天を仰いでからつけくわえた。「でも案外、狐狸《こり》をかけてたのかもしれないですよ。この二股道《ふたまたみち》のあたりには狐《きつね》や狸《たぬき》がずいぶん出るからね。こないだも田代木材の下のせがれが、夜中にトラックで狸を轢《ひ》いちまったって、泣いてました」

「狸といっしょにしないでください。縁起でもない」

実山さんはべつにたしなめる口調でなしに笑みさえ浮かべてそう言ったのだが、木槌さんは言葉が過ぎたと反省したらしい。

「これは失敬、でも、亡《な》くなられたあとに縁起もなにもありませんよ。葬式の日に、あんなに嫌がってた雨にまで降られてね。雪は好きなのに雨が苦手だなんて、妙なことでしたな。まあ、実山さんたちがいてくれたおかげで、小留知さんは最後まで安心だったでしょう。生徒さんはじめ、まわりに人は集まってたのに、どこか寂しげな方でした。親類でもなんでもありませんが、礼を言わせてください。この町から出て暮らしたことのないわたしらのような人間には、なんだかんだ言って、教えられることも多かったですから」

小留知先生は行かずなんとかで、いまならまだしも、三十年ほどまえの雪沼の近辺では、それだけでもう白い眼で見られた。こんな山あいの、村がひとまわり大きくなった程度の町で独り暮らしをしていればいやがうえにも目立つ。しかも彼女は土地の生まれではなかった。五十なかばを過ぎて雪沼に身を落ち着けることになるまでは、ずっと東京のはずれで、若い助手を雇いながら小さな料理教室を営んでいたのである。なぜこんな土地にやってくる気になったのか、本当のところは誰にもわからないのだが、表向きの理由ならば、先生自身の口からも、また木槌さんの口からも、実山さんは昔話のように繰り返し聞かされていた。そして、それが小留知先生の、雪沼での公式の履歴となっていた。

雪沼の北山の斜面には、規模はあまり大きくはないけれど、雪質の良さで知られる町営スキー場があって、まだリフトが整備されて間もない創業初期には、アルプスの雪に似ているといって、口コミでプロのスキーヤーがよく集まってきたという。スキー連盟の世話でヨーロッパから親睦《しんぼく》を兼ねた内輪の滑りにやってくる選手や役員たちもいたので、奇妙なことだが、この分野に関してだけは、深い雪に閉ざされた町の一角が国の外に開かれていた。

小留知先生がはじめて雪沼を訪れたのも、スキー場に縁のある教え子の案内だった。なんの変哲もない雑木林の延長みたいな山肌を刈り込んでつくられたゲレンデには、ひろさにきちんと見合った数の客しか見えなかった。誰がどう調整しているというわけでもないのだが、バスを何台も収容できる駐車場も宿泊施設もないので、集まってくる人の数はおのずと制限される。これ以上小さくても、これ以上大きくてもまかなえないくらいの規模の、町でたったひとつの遊興施設で、スキーをするというより雪遊びを楽しんだ小留知先生は、それから毎年足を運ぶようになり、定宿の主人である木槌さんと親しくなってからは、秋口の気候のいいとき、山菜採りやここから二十分ほどの谷あいにある牧場へ生クリームをわけてもらうために、わざわざ車を飛ばしてやってくることも多くなった。

ある年、十何度目かのシーズンを過ごしたあと、彼女は東京の料理教室を閉じて、この町に移り住むことを決意した。冬場には外国人の姿がちらほら見えること、夏場の気候はさわやかで湿気を嫌う彼女の体質にあっていたうえ、食材も豊富で水もおいしかったことがその理由だが、木槌さんの、もと農地だった所有地の一角を安く譲り受ける話がまとまったのが最大の動機になった。当初は、冬のあいだだけではなく夏場にも伝統的な田舎料理を研究しながら休暇をここで過ごすくらいのつもりで、彼女自身の表現を借りれば「独り身の気安さから」蓄えを崩して得た土地にログハウスふうの平屋を建て、期間限定の食堂でも開こうという計画だったのに、いつのまにか東京の土地を処分しての本格的な引っ越しへと発展し、県道から雪沼にむかう道が、町の中心地とその周辺に分岐するあたりのゆるやかな傾斜地にあった木槌さんの所有地に、最低限の居住空間を確保したレストラン兼料理教室を建てたのである。やがて客室が三つある別棟を増築して宿泊設備もととのえたが、もちろん、飛び込みの客にはまず木槌旅館を紹介する筋だけは通した。

東京の料理教室の名前は継がずに、まったくあたらしい店名を考えていた彼女の脳裏に浮かんだのは、若いころ料理を習っていた学校で、あなたの名前は私たちの国にもあると言ったフランス人講師の言葉だった。小留知という名字は、北関東の祖父母の出身地には何軒かあったそうだが、東京ではあまり聞かないめずらしいもので、霊力に満ちた大蛇の「おろち」にひっかけて、子どものころはよく蛇女、蛇女とからかわれた。そんな思い出もあって、彼女は自分の名字をずっと嫌っていた。ところがOruchiではなくOrtieとつづれば、フランスの田舎では料理につかう野草の名になると、先の講師から教えられたのである。同時に通っていた語学学校の図書室で料理の本をあたり、オルチ、つまりあの触れるとちくちく刺すような痛みが走るイラクサが、かの国ではポタージュスープやジャムの材料になることを確かめて、それを密《ひそ》かな誇りとするようになった。ステップをあがったテラスの入り口わきの庇《ひさし》から突きだした看板に《イラクサの庭《オ・ジャルダン・ドルチ》》と刻んだのは、そんな経緯からだ。

商売のために移り住んだわけではなかった。冬場に稼ぎがあればたしかにありがたかったが、かりにうまくいかなくとも自給自足にちかい食料の調達と、東京の土地を処分して得た資金の残りで、しばらくは不自由なく暮らせるめどは立っていたし、料理教室にしても、地元の人々との接点が確保できればいいというくらいにしか考えていなかった。だから、宣伝はなにもしなかった。車で通りかかった人が気づいて食事をしたり休んだりしていくようになって半年ほどしてから、ようやく店のなかに案内書を置いただけである。野草や食材の豊富な夏場を中心に開く料理教室の記念すべき一期生には、雪沼から一名、山をふたつ越えた先の新興住宅地で車を運転できる主婦が二名、計三名の生徒が集まり、住宅地組の実山さんはその最初の教え子のひとりだったのだが、彼女も、もう六十歳を越えている。他のメンバーは夫の転勤にともなって県外に移り、その後入ってきた生徒たちもながくはつづかず、何年か熱心に通って来て若い人たちのとりまとめ役にもなってくれたリトルベアーボウルの奥さんが亡くなってからは生徒もだんだん減って、教室は開店休業状態になっていた。それでも食事を出すほうは、冬場はもちろん、オフシーズンでもスキー場のうえの展望台にやってくる週末のドライブ客が見込めるときには、数年まえに雪沼の農協職員のところへ嫁いできた庸子さんが主に手伝い、実山さんは小留知先生の身のまわりの世話と相談役に徹するようになっていた。

「ほんとうに、あっと言うまでしたね。先生がいらしたころは、わたしもまだまだ娘の延長みたいなものでしたから、料理を教えますってチラシを見て、たいした考えもなくドライブついでにやってきただけなのに、こんなにながくお世話になるなんて思いもしませんでした。晩年は仕事も手伝わせていただきましたし、先生のことならなんでもわかってるみたいに思い込んでましたけれど、こうして亡くなられてみると、やっぱりなにも知らなかった気がするんです」

「ずっと独身だったっていうのは、ほんとうなんでしょうか」これまできけなかったことを、庸子さんがふと思いついたように口にした。

「さあ、いつもの癖で、係累《けいるい》になりそうな存在はありましたなんて、もってまわった言い方をしてらしたから、ご結婚まではいかなかったけれど、いいひとはいたってことかもしれませんね。ただ、親類縁者とつきあいがなかったことは、こんどの葬儀ではっきりしました」と実山さんは穏やかに応《こた》えた。「お料理は勤めだしてから本格的に勉強されたそうだけれど、こちらへ移られるまえの話は、あまりなさらなかったものね。雪沼でたったひとりの外国暮らし経験者だっていう伝説も、ご本人は肯定も否定もされなかった。正直言って、どこまで信じていいのか、判断できないところがあったもの」

「わたし、結局お料理をきちんと教えていただいたの二度だけなんです」と庸子さんが言う。「これでおしまいになるのは、ちょっと残念だな。実山さんがあとを継いでくだされればよかったのに」

じじつ、あなたが跡を継いであげるのがいちばんじゃないですかと言ってくれたひとも、何人かいた。料理は好きだったし、先生に習ったジャムやタルトやいくつかのそれまで見たこともなかった野鳥の料理は、育ち盛りの息子たちにも評判がよかった。でも、肝心かなめのイラクサのスープが苦手だったのだ。先生の名前とおなじ音の食材なのだから、教え子を任ずるなら無理にも愛すべきなのに、あの不思議な味の記憶がどうしても抜けなかったのである。

最初の顔合わせのとき、集まった生徒をまえに、先生はまずご自分の名前と店名の由来を説明され、じっさいに裏庭に植えてあるイラクサを採ってきて、スープをつくってくださった。あの日も、雨が降っていた。どういう種類の雨だったかまでは記憶にない。まだ舗装道路ではなかったこのあたりの道には赤茶色の泥水が流れ、畑の土は水を深く吸い込んで真っ黒に染まった。先生はその畑地のなかへ、雨合羽《あまがっぱ》をはおり、大きなゴム長靴を履いてずかずかと入っていかれたから、あとで雨が大嫌いと聞いたときには冗談かと思ったほどだ。だって、あのときはあたしも緊張してたのよ、雪沼へ来て最初の生徒さんだし、と先生は何度もそのときの様子を蒸し返して笑いの種にしようとする実山さんたちに、恥ずかしそうに弁解したものだ。

「イラクサなんて不格好な名の植物は日本にあるだけかと思うでしょ、ちがうの、まったくおなじかどうか専門的なことはわからないけれど、ちゃんとフランスにもあるの。とても役に立つ、頼もしい草なのよ。園芸のほうでは水肥にするし、蜂《はち》や蟻《あり》の毒と似た成分が含まれているから、下手に触れると皮膚がかぶれてしまう。おなじ毒が、害虫予防にも使えるところなんかが面白いわね。でも、食べられるのは若い葉だけ」

つくり方はじつに簡単だった。若いイラクサを摘んで葉をむしり、賽《さい》の目に切ったジャガイモ、たまねぎといっしょに三十分ほど煮込み、ミキサーにかける。鍋《なべ》に戻して塩、胡椒《こしょう》で味をととのえ、仕あげに生クリームをくわえる。実山さんは、このとき生まれてはじめて外国製のミキサーを見たのだった。味のほうは、おいしいといえばおいしい、そうでないといえばそうでないとしか言えなかった。草の匂《にお》いがぷんと鼻について苦みと酸味のわりあいが一定せず、口に入れるたびに舌の表と裏で刺激がくるくる変化するような感覚だった。鮮度のいい紫蘇《しそ》やヨモギの匂いに慣れた者にも、ちょっと、と退《ひ》いてしまいそうな味である。不思議なことに、先生がここに居ついてからはフランス人のスキー関係者がぱたりと来なくなり、本場の人間の味覚を試す機会はついぞ訪れなかったのだが、冬場、チェーンを装着した車でがたごとスキー場にむかう客のなかでこの特製スープを味わった人々の反応はじつにさまざまだった。先生はそれを参考に、生クリームのかわりに牛乳を多用したり、砂糖を加えたり、あるいは塩を抑えてベーコンのこま切れをいっしょに煮込んだり、干し椎茸《しいたけ》の戻し汁を隠し味に使ったり、本来の味から遠ざかるような工夫と改良を重ねていかれた。タンポポのオムレツだの、養蜂家《ようほう》からはちみつといっしょに譲ってもらったというアカシアの花の煎《せん》じ茶だの、当時の自分たちには新奇なものをつぎつぎに体験させてもらい、そのほとんどをおいしいと思ったのに、イラクサだけはなんど試してもだめだった。

小留知先生の分身ともいえる料理を、その後やってきた生徒さんたちのように明るく口にできない自分がふがいなく、罪の意識さえ感じていた。先生の庭を引き継ぐなんて、だからありえない話だったのだ。実山さんには、なぜかその秘密に迫ることのできないイラクサのスープの味が、どこかに影のある先生の人生の、象徴のように感じられるのだった。いちばん大事なところに触れようとすると、ぴりっと電気が流れて近づけなくなってしまう。もしかすると、わたしはその影の部分に惹《ひ》かれて先生についてきたのかもしれない、と実山さんは思った。あとをお願いね、などと先生はひとこともおっしゃらなかった。そして、実山さんにとってはむしろそれが救いでもあったのである。

「この建物を町の集会所をかねた図書館の分室にするのは、とてもいい案だと思うの。独り身だった先生の庭がそんなふうに使われるのは、とてもすばらしいことじゃないかしら。お店の本棚には、外国の本がいろいろ置いてあるでしょう、大判のレシピだけじゃなくて、絵本や文字ばかりの本もある。語学の勉強をはじめた若いころに買った本だって、先生はおっしゃってたけれど、遺品としてただならべておくより、手に触れてもらったほうが、若い人にはいいことだし」

「わたしにはまったく読めませんから、興味もなかったんですけれど、ほら、去年の夏、卒論を書くんだって一週間くらい泊まりに来てた京都の学生さんがいらしたでしょう。ここの本棚を見てびっくりしてました。戦前のフランスの文芸書が多いんですって。そのなかに、ちょうど学生さんが図書館でコピーして持ってきていた本があったんです。先生もその話を聞いて、なんだか嬉《うれ》しそうに受け答えをされてましたよ」

実山さんは驚いた。女子学生がお店の本棚に興味を持ったことまでは聞いていたものの、小留知先生が質問に応えていたなんて初耳だった。たしかあのときは下の息子の結婚式などがあってばたばたしていたから、泊まり客の世話はもちろん、先生のことも庸子さんに任せきりだったはずだ。そもそも書棚にある本のうち、先生が料理の本以外について語ったことは、実山さんの知るかぎり、一度もなかった。

庸子さんはすらりと立ちあがって入り口脇《わき》の書棚に行き、意外にすばやく一冊抜き出して戻ってくると、それを床とおなじ樫材《かしざい》のテーブルのうえにそっと滑らせた。黄ばんだ質素な紙の、薄っぺらな表紙に、赤と黒の縁取りがある。ワインレッドに近い文字でMiraclesというタイトルが読めた。実山さんが手にとって頁《ページ》を繰ってみると、指の腹に触れるなかの紙が、ほんのりとあたたかかった。

「なんと書いてあるんです？」と木槌さんが訊《たず》ねた。「横文字ってのは、どうも」

「ミラクル、です。奇跡、って意味です」最初から知っていたような口ぶりで庸子さんが応えた。

「ほう、神様のお話ですか、やっぱり外国で尼さんでもされてたんですかな。いや、これまた申しわけない。でも、だとすると、亡《な》くなるまえのひとことは外国の言葉だって説が有力だ」と木槌さんが煙草《たばこ》に火をつけながら言った。

「わざわざ外国で暮らさなくとも、東京でなら本は買えるんじゃないかしら」実山さんは、日本の古本屋のものらしいシールが裏表紙に貼《は》られているのに気づいて言ってみた。

「それはそうだ。で、なんでしたっけ、コリ、ですか。もう意識もない状態で口を動かすなんてそうあることじゃない。きちんと聴き取れれば、それこそ奇跡だったでしょうに」木槌さんは、まだ最後のひとことが気になっているようだった。

作者は、アラン・フルニエ。庸子さんには未知の、その作家の生涯と作品が、学生さんの卒業論文のテーマだった。書棚にはそのたったひとつの長篇で古くから邦訳もあるらしい『モーヌの大将』という小説の原書も置かれていて、彼女は図書館で見慣れた本の色とかたちを、すぐに見分けることができた。『奇跡』と題された作品集は、第一次世界大戦でフルニエが戦死したあと、親友でありフルニエの妹の夫でもあった、リヴィエールという人による文章を添えて、一九二四年に刊行されたものだった。未完成の作品ばかり集めたこの本には、やっぱりモーヌという名の主人公が登場する短篇が入っていて、学生さんはそれを自分で訳し、すでに訳書のある長篇と読みくらべるつもりなのだと話していた。

庸子さんは、そのとき学生さんの許しを得て、小さな文字でびっしり書かれている訳文のノートのコピーをとっておいた。あとから先生に見せようと思ったのだ。そのコピーの紙をふたつ折りにして挟んでおいたために本がふくらみ、おかげで庸子さんは、タイトルではなくはみだした紙を見て、すぐに抜き出すことができたのである。背の崩れかけた簡易装幀《そうてい》の本を実山さんから受け取ると、なんでも田舎の、農家が出てくる物語だそうです、「農婦の奇跡」っていう題の。雪沼よりも人の少ないフランスの田舎が舞台なんですって、と庸子さんは言う。じゃあその物語の影響で、こんな田舎にやってきたってわけですか、と笑いながら応じた木槌さんに、そういうこととは、ちがうみたいです、と庸子さんはまじめに応えた。

「男女とりまぜた何人かで、田舎に行くんです。男の人のふるさとです。そこに知り合いの、農家の夫婦が住んでいるので、みんなに紹介しようというんです。さっきのモーヌって男の人は、農家のお隣さんだったかな。うん、学生さんの論文の題は、《隣人としてのモーヌ》だとか言ってたので、それで覚えてるんです」

農場の、雨に降られた家の裏庭には、若葉の季節をとうにすぎてごわごわしたイラクサが生えていたのだろうか。あれだって大切な食料になっていたにちがいない、と実山さんは思った。紅茶をカップに注ごうとして、底に残ったわずかな液体が落ちる音より、外の雨のほうがつよくなっていることに気づく。木槌さんはいつのまにかまたあたらしい煙草に火をつけていた。町の健康診断で撮った肺のレントゲン写真に、薄い影が映ったという話は、どうなったのだろう。通夜《つや》の席からずっと、木槌さんは煙草をいっときも手放さずにいる。やはり煙草が好きだった夫を肺癌《はいがん》で亡くしている実山さんは、それを取りあげたい気持ちを抑えるのに苦労した。

お茶を淹《い》れかえてきます、と庸子さんがまた席を立ったのを潮に、木槌さんが、わたしのぶんはいいですよ、ひとまずこれでおいとましますから、夕方までに回るところがあるのでねと、ハンドルに雨よけがついたバイクで帰っていった。

実山さんは手持ちぶさたに老眼鏡を取り出して、その、いまどきの女の子らしいレタリングみたいな文字をたどってみた。農家の主人は飲んだくれだが、息子の将来を心配して、妻の反対を押し切り、家の手伝いをやめさせて寄宿学校にやることに決めてしまう。一週間後、息子から手紙がとどく。どうしても学校に慣れない、みんながぼくをいじめるから田舎へ戻りたい、お父さんの仕事を手伝いたい、そんな内容だ。父親は手紙を隠して妻に悟られまいとするのだが、彼女はなにかあると勘づいていた。村を訪れた一行はここで町に戻り、そのあとの出来事を、農家の隣人であるモーヌから伝え聞く。

お茶を淹れて戻ってきた庸子さんに、かいつまんでその筋を話すと、コピーをとっただけで冒頭しか読んでいなかった庸子さんは、「そのあと、どうなるんですか？」と無邪気にたずねてくる。実山さんは、終わりまで読まないと説明できないでしょ、と笑って、葉が蒸れるまで先を読みつづけた。

一行が帰った日の夜、ひどい夫婦喧嘩《げんか》があって、妻が家出をする。雌馬に馬車を牽《ひ》かせて、夜中に姿をくらましてしまったのだ。主人は隣人モーヌに助けを求めて必死で車輪の跡を探すのだが、轍《わだち》は冷たい雨に消されてどこにも見あたらない。二日間、どこを探しても手がかりはなく、夫は道を知らない妻が泥炭地《でいたんち》で方角を失ったんだ、もう戻ってこられないんだと嘆く。ところが三日目の朝、彼女の馬車が無事に戻ってくるのだ。しかも息子をつれて。手伝いの女性が女主人を見て、坊っちゃんを迎えにいかれたんですね、と声をかけると、そうするよりほかなかったでしょ、と彼女は言い、そのまま横になるのかと思ったら、寝室に入って仕事着に着替えた。ちょうど朝の七時になって、ミサの鐘が、息子を連れ戻した農婦を祝福するかのように鳴り響く。読みながら、実山さんはわからなくなった。たったそれだけのことが、なぜ奇跡なのだろう。

実山さんの語りなおしに庸子さんは、そういえば先生がお好きなのは、農婦がなにもなかったかのように仕事着に着替えたっていう一節なんですって、ほら、ここに線が引いてあるでしょう、たぶんここじゃないかな、と原本を指さした。たしかに赤鉛筆で線が引いてあったが、実山さんにはそこに線が引かれていることしかわからない。匂いのするお茶が苦手な木槌さんがいなくなったので、庸子さんはカモミール・ティーを淹れてくれていた。ぼんやりした頭で甘い香りのお茶をすすりながら、実山さんはまた想像した。

雨のなか、母親に連れ帰ってもらって、子どもはさぞかしほっとしただろう。飲んべえで乱暴な父親のもとへ戻されて、つらい野良《のら》仕事の手伝いをさせられても、学校で苦しむよりはずっと幸せだっただろう。闇《やみ》のなかを寝ずに走りつづけて戻って来られた安堵《あんど》、息子を取り戻した安堵にひたるまもなく、すぐに仕事へむかおうとする母親の姿は、立派だと思う。でも、わたしなら、仕事はいったん休んで、ひと晩、雨の泥炭地を抜けてきた子どもに、なにか食べものをつくってやりたい。イラクサのスープでもなんでもいい、身体《からだ》があたたまるものを、口に入れてやりたい。

そこで、あ、と実山さんは声をあげそうになった。小留知先生が下線まで引いていたのは、もしかすると、子どもを連れ帰る話だったからではないか。係累《けいるい》になりそうな存在、というのは、未来の夫になるはずの恋人ではなくて、自分の子どもになりえたはずの存在、という意味ではなかったろうか。

どうして思い至らなかったのだろう。三十年近くのつきあいのなかで、実山さんは先生の眼に涙が浮かぶのを一度だけ見たことがあった。まだ二十代のころ、わけあって生まれた子を施設にあずけざるをえなかった知り合いの女性から、縁者と偽ってその子がどんなふうに成長したか見てきてくれと、先生は頼まれたことがあった。戦後の混乱が収まって、食料はなんとか出まわるようになってはいたものの、先生自身は苦しい生活から抜けだせるかどうかぎりぎりのところで疲れ果て、やせこけて、みすぼらしい服装で出かけていった。責任者に事情を話し、遠目にでもその子を見せて欲しいと願い出た先生のまえに、やがて六つになる、つぎはぎだらけの服を着た男の子が連れられてきた。おばさんはあなたの遠い親戚《しんせき》です、元気でやってるかどうか確かめに来たんですよ、と言うと、その子はなにも応《こた》えずにじっと先生を見つめてポケットから手を出し、これ、あげる、と透きとおった石のようなものをくれた。それが、なんだったと思う、実山さん？　前日に慰問に来たどこかの社長さんからの差し入れの、氷砂糖だったのよ、わかる？　いまじゃあ考えられないくらい大事な大事な、氷砂糖だったの。

　小留知先生は、そう言って涙を浮かべたのだ。あのときの先生の表情は、いまでも鮮明に覚えている。これはなんの確証もない、ただの思いつきにすぎない。でも、話のなかの少年の母親が、本当は先生ご自身だったとしたらどうだろう。先生はイラクサのスープにも、カレーやポタージュや煮物にも、はちみつやグラニュー糖ではなく、氷砂糖をくだいて使うことが多かった。果実酒に用立てるくらいで一般にはあまり料理に使わないあの半透明のかたまりを、穏やかな味になるからと常備されていた。ときおり大切そうに口に含んでいたし、ごくまれに列車で地方へ出かけられたときにも、トンネルで耳がつんとするのを防ぐにはこれがいちばんいいのよと、飴《あめ》のかわりにかならず氷砂糖を携行されていた。実山さんは思った。先生が最後に言おうとしたのは、コリザではなく、コオリザトウではなかったろうか。男の子からわけてもらった、あの氷砂糖ではなかったろうか。先生はその子を、本当は雨でびしょ濡《ぬ》れになっても連れて帰りたかったのではあるまいか。

ねえ、庸子さん、先生が最後に言おうとした言葉だけど……。そう言いかけて、ふと目をやると、ロールカーテンのむこうがうっすらと明るんで、雲間から陽が射《さ》しはじめているのがわかった。

河岸段丘

　この何日かで、身体《からだ》がわずかながら右に傾いてきたような気がする。仕事中いつも目にしている、すかすかしたスレートの内壁にはめ込まれたアルミサッシの窓枠の縦線と、そのむこうに見える畑の横線の交わり方がなんとなくずれているし、かなりの重量がある大判の厚紙を何枚も抱えてそれを旧《ふる》い裁断機に通すとき軸になる、二十数年来かわらぬ右脚の位置がぴたりと決まらない。雨がながくつづいて畑がどぶ川のようにぬかるんだり、作物が収穫されたあと緑がいっぺんに消え、茶色い土がそれこそうねうねと表情をあらためる梅雨時から初夏にかけてよく似た感覚に襲われることはあったが、視界がへんに歪《ゆが》んだりした場合には、気候のせいというよりも、ずっとわずらっている座骨神経痛が頭の芯《しん》まで響いていたか、疲れからくる微熱があったかで、変調の理由は風景ではなく自分の側にあった。ところが今回はどうも様子がおかしい、と田辺さんは思う。朝夕の気温がまだ不規則に下がって、油断するとたちまち体調を崩してしまう季節なのに、妻の言いつけを守って間食と酒量を減らし、いつになく気を配ってきたのが功を奏して、怖《おそ》れていた神経痛もまったく顔を出さず、眼の疲れも少ない。県道沿いの総合病院にお願いしている恒例の健康診断でも異常はなく、めまいや痺《しび》れとは無縁の日々だった。それなのに、身のまわりの世界が、ちょうど靴底のゴム半分くらい右に傾《かし》いでいるのだ。いや、沈んでいく、と言ったほうが正しいかもしれない。

ゴム底という言葉が浮かんだとき、田辺さんは思わず足もとに視線を落とし、裁断機の端に手をついて、片方ずつ靴の裏を調べてみた。違和感のある右足のゴムはちゃんとついていたし、すり減ってはいても程度は左とおなじくらいだったから、身体の軸のぶれが靴のせいだとは考えにくい。だとしたら、いったいどこが悪いのだろう。数百キロの重量がある機械を設置した床はコンクリートの打ちっ放しで、一部にひび割れが走ってはいるものの、見たところ問題はなさそうだ。田辺さんはふたたび視線を戻し、まだ青っぽいトマトや枝豆やトウモロコシの茂る畑の一角に目をやった。畑はそのむこうへなだらかな段をつくりながら下って行き、尾名川の岸辺に通じている。

川筋から百メートルほど離れたところを流れとほぼ並行してのびていく幅のせまい道路で、この春、ときどき畑地に入って作物ではなく雑草だけ上手に食べていた老犬が、トラックに轢《ひ》かれて死んだ。県道とバイパスの抜け道に使われるわりあい交通量の多いところなのでつねにその危険はあったのだが、年をとって動きが鈍ってからはまず大丈夫だろうと終日放し飼いにしてあったのだ。仔犬《こいぬ》のときもらい受けて、十二年いっしょに過ごした犬だった。ロンという名前だった。はじめて家に来た晩、食べものを要求して鳴いた声がロン、ロンと妙にやわらかく聞こえたのでそう名づけたのだが、成長するにつれて消えてしまったその音が、老年に入ってからまた出てくるようになった。回転する裁断機の鈍い音を裂いて、こちらからは見えない道路のほうで自動車の急ブレーキの音が響き、それとほぼ時をおなじくして動物の甲高い鳴き声が聞こえたときはロンのことなどまるで頭になく、夜と昼とを問わずこのあたりによく出る狸《たぬき》でも轢かれたのかと田辺さんは思った。だが持ち場の対角にあるかたちばかりの事務所で伝票を整理していた妻の悲鳴で、なにが起こったのかを田辺さんは悟った。事務所の窓からは道路が見渡せるのだ。裁断機のスイッチも切らずに、田辺さんは表へ飛び出していた。トラックがそのまま走り去ったあと、犬はいったん起きあがってよろよろ歩き、道路の端を流れている浅い用水路に落ちた。妻とふたりですぐ抱えあげてやったが、もう息はなかった。裁断機の正面にある窓のなかを、ロンはついこのあいだまで日に何度かよぎり、こちらをじっと見つめて立ち止まったり、捨てられた野菜をくわえて左から右に、右から左にゆっくりと動きまわったり、呼べばのそのそ窓の下までやってきて、しっぽを振るでもなく、ただごろりと横になって上目づかいにこちらを見ていた。窓枠のなかには、まだときどきロンの姿が浮かびあがる。

　田辺さんは仕事に戻った。今日は日曜日で、ひとりだけの出勤だ。県道からバイパス経由でつながっている高速道路のドライブインや、雪沼とその周辺のスキー場で土産物として売られているマグカップの二個入りセット用の箱を数百個分、週明けの朝いちばんで窯元《かまもと》へ届けなければならない。原価などないに等しい粗悪な厚ぼったい無地の陶器に、さまざまな町の、さまざまなロゴの入った転写をほどこした土産用の定番だが、最近、若い女性たちが使いやすいようにと、呑《の》み口を薄めに、ぜんたいを小ぶりに改良したので、あたらしい箱が必要になった。山のように積みあげられた資材のストックから、こういう種類のカップに用いられる青い段ボールをどっさり抜き出した田辺さんは、一メートル数十センチ四方の大きな厚紙をどうカットしたらもっとも効率的に、もっとも無駄なく材料を使い切ることができるか、そろばん片手に計算した。いまならパソコンであっというまにできてしまう作業を、田辺さんは仕事を習い覚えた当時のやり方でこなす。熟練のわざと呼べるほどではないにせよ、メートル法と尺貫法が混在する数種類の定規に曲尺《かねじゃく》、色つきのチョークとそろばんがあれば、立体を組み立てるための部位を、数分たらずで厚紙から抜き出すことができる。

縦一尺二寸五分、横六寸五分。ふだん、工場内の機械がフル回転して騒音にまみれているときは、イッシャクニスンゴブ、ロクスンゴブ、と声を出しながらメモをする。確認のためというより、それが仕事の流れを、リズムをつくる合いの手なのだ。ところが休みの日にひとりだけ出勤してきて、窓の外の景色が気になるくらい静かな仕事場に入ると、なんだか間が抜けているのと気恥ずかしいのとで、黙ったまま作業を進める。顔つきだって、いつもとちがっているかもしれない。

青い段ボールには、白のチョークがよく映えた。大雑把に駒《こま》の下絵を描いたあと、ハンドルとジャッキをまわして裁断機の刃を目盛りにあわせ、きりきりと動かしてから段ボールを流し込み、おおまかな部位をつくる。裁断機の刃は一方向にしか断つことができないから、流れ出てきた部位をもう一度、こんどは向きをかえて異なるサイズに二つ、三つと裁たなければならない。二個のマグカップを収めるには、内部を分ける仕切りも必要になる。谷折りの箇所には、回転しながら押して線をつけるだけで裁断まではいかない峰打ちのような刃を担当させてあった。必要な部位がそろうと、あとは大型ホチキスで組み立て、仕切り板と緩衝材になる薄くてやわらかいボール紙を差し込み、見本の陶器を入れてみる。箱の腹がぽこりとふくらんだり、蓋《ふた》が閉まらなかったりすれば、また最初からやりなおしだ。

できあがった駒の寸法にはなんの問題もなかったのだが、今日はなにかがおかしかった。機械が傾いてなんらかの故障が出ていれば、ひとつひとつが歪んだりずれたりするはずだ。そういうことがいっさい起きていないにもかかわらず、段ボールをかついで一枚ずつ裁断機に流し込む際、軸になる右脚が、やはりほんのわずかだが沈むような気がする。神経系の、たとえば三半規管のどこかが悪いのだろうか。

手を休め、資材のあいだの獣道みたいな危うい隘路《あいろ》を抜けて、田辺さんは事務所へ戻った。そして、冷蔵庫から常備してある缶入りの緑茶を出し、座面がすり切れててらてら光っている赤いビニールレザーのソファーに腰を下ろして、それを飲みながらハイライトを一本、ゆっくり味わった。

紙類を扱うので、火の気のあるものはみなこの六畳ほどのガラス張りの一角と小さな台所に集めてある。煙草《たばこ》が吸いたくなったらかならずここへ来なければならないし、いればすぐにばれてしまうから、ときおりアルバイトの募集を見てやってくる奇特な青年たちのなかでも煙草好きの連中はすぐ嫌になって、一カ月ともたなかった。いま頼りになるのは、近所から手伝いに来てくれているアルバイトの堂垣さんと妻の、ふたりの女性だけという情けないありさまだ。工程のなかでいちばん力が必要な資材の出し入れは田辺さんがやらざるをえないのだが、つい十年まえまでは軽くこなせた作業にも、腰や肩、そして膝《ひざ》への負担を怖れて、近頃はずいぶん慎重になっている。煙といっしょに漏れ出てきた溜息《ためいき》のなかで、自分の姿と窓のむこうのロンのそれが重なった。俺もあいつみたいに突っ走ってくる車のまえへふらふら歩み出たりしないだろうか。めずらしく弱気になった田辺さんの耳に、机のうえの電話が響いた。妻からだった。

「何時に戻る？」と妻は言った。「お昼は食べに来るんでしょう？」

「おう」

「ちょっとお米を切らしてるのよ。夕飯までには買ってくるから、お昼はおうどんかお蕎麦《そば》でいい？　もう昆布で出汁《だし》だけとっちゃおうと思って」

「そうか。じゃあ、うどんがいいな」

そういえばこのところ汁物が多くなった。娘が嫁いでからは脂気《あぶらけ》のある食べものがぐんと減ったようだ。こちらにあわせているのか、それとも妻自身、そういうものを欲しているのか、田辺さんにはわからなかった。

「どうしたの？　元気ないわね」

「おう」と田辺さんは答える。

「おう、じゃわからないでしょ。なにかあったの？」

少し間を置いて、すまないが、ちょっと、来てくれないか、と田辺さんは言った。

「仕事場へ？　身体のぐあいでも悪いの？」

尾名川の下流にある自宅からこの仕事場まで、車で十五分はかかる。田辺さんは配達に使うトラックでいちばん先に工場へやってきて扉を開けるのだが、助手席にはいつもロンが座っていた。妻は朝食の片づけと掃除洗濯を済ませ、弁当を用意してから、自分で軽自動車を運転して合流するのだった。

「たいしたことじゃないが、確かめてほしいことがあってな」

「へんねえ。じゃあ、ついでだからお昼のものを買っていくわよ。お寿司《すし》にしていい？」

「うどんが寿司に化けたか」

「いいじゃないの、日曜なんだし」

その日曜日にも働いてるんだぞ、と田辺さんは言いかけて口をつぐんだ。月曜の「朝いちばん」とは大袈裟《おおげさ》な業界用語で、実際にはその日の昼までというほどの意味だ。しかし田辺さんはその言葉をあえて額面どおりに解釈し、朝いちばんでと納期を指定されたら、雨が降ろうが風が吹こうが、万難を排して朝いちばんで届けてきた。赤の他人から信用されるには、そういう真っ正直なやり方をつらぬくほかない、というのが田辺さんの信条だった。妻は当日の朝つくりはじめてもこのくらいの個数ならなんとかなるわよと正しい読みを示してくれたが、田辺さんにはそれが我慢ならなかった。日曜日のうちに駒だけでも用意しておくと言ったのは自分のほうなのだ。

受話器を置いてから、もう一度ソファーに身を沈めてハイライトを吸った。背もたれには黒のマジックインキでなんだかよくわからない動物の絵が描いてある。小学校にあがるかあがらないかのころ、よく仕事場へ遊びにきていた娘がいたずら描きしたものだが、二十年以上たったいまでも鮮明に残っていた。娘がワニだと言い張っていた、口と歯のついている丸太のような絵のうえに、煙草の火を落として黒い穴をあけ、黄色いスポンジをのぞかせてしまったのは、その娘が中学に入るまえだったか。客を迎えるにはあまりに粗末だが、穴がちょうど目のように見えるのが面白くて、相手から見えない位置にうまく隠していまでも捨てずに使っている。裁断機のことが気になっているせいだろうか、ソファーまで右にかしいで、がたがたする。煙草を手にしたまま、田辺さんは妻が来るのをじっと待った。

*

「あら、ほんと。言われてみればたしかに右のほうが下がってるような気がするわね」

田辺さんの説明をひととおり聞いて裁断機の正面に立った妻が、こちらを振りむきながら言った。妻がこの場所に立つのは、終業まえの掃除でまわりの紙くずを拾い集めるときくらいのものだ。それなのになぜ、右のほうが下がっていると言えるのか。ほっとしながらも、田辺さんはたずねた。

「だって、あなたが配達に出てるとき、ここの窓際《まどぎわ》に立ってよくロンに挨拶《あいさつ》してたのよ。でも、そんなこわい顔で言われなきゃ、気にもしない程度の傾きだと思うけれど」

「傾いてるような気はするのか」

「するわね、やっぱり」

ふたりで代わる代わるおなじ場所に立ち、窓枠やら床の状態やらを調べてみたものの、現実にどこがどうおかしいのかは判然としなかった。しかたなく田辺さんは仕事に戻り、妻の手も借りて組み立てまでの工程を三分の二ほど片づけ、午後の段取りのめどがたったところで、チェーン店の寿司を事務所のテレビを観《み》ながらいっしょに食べた。落語家くずれのタレントが地方へ取材に行って時の話題を伝える番組で、欠陥住宅の特集をしている。入居したばかりの新築建て売り住宅がわずか数日で傾いたとか、敷地の土台がしっかりしていなくてマンションぜんたいが沈みはじめたとか、そんな話ばかりが紹介されていく。田辺さんも妻も、ほとんど黙ったきり画面に見入っていた。こいつもたぶん、おなじことを考えてるんだろうな、と田辺さんは心のなかで言う。

自宅に隣接する掘っ建て小屋同然の仕事場を壊して子ども部屋を増築し、それにともなってこの場所に仕事場を移したのは、もう二十年もむかしのことだ。あちこち探しまわったのだが適当な物件がなく、それなら多少無理をしても安い土地を買って、じゅうぶんなひろさがあるあたらしい小屋を建てたほうがましではないか、との結論に達したのである。顧客の多い県道沿いの土地は宅地がつぎつぎに造成されて価格もあがっていたし、そもそも町なかで大型機械の騒音を垂れ流すわけにもいかなかったから、知人のつてをたどって舗装道路もないようなひなびた区域をずいぶんまわった。自宅からあまり遠くなく、しかも安い土地。友人はもとより、仕事でつきあいのある、さほど親しくもない人たちにまで声をかけたがめぼしい情報は集まらず、最後に駆け込んだ不動産屋に紹介されたのが、尾名川中流にひろがるなだらかな河岸段丘の、畑地と田圃《たんぼ》が大半を占めている一帯だった。川面《かわも》にほど近い傾斜地に、中途半端《はんぱ》なかたちをしているけれど面積は申し分ない土地が売りに出されていたのだ。かつては収穫されたばかりの農作物を集めて仕分けする作業地のようなところだったらしい変六角形のこの敷地を手放したのは、近辺に親族がかたまっている大地主の分家で、将来手を入れて住居にするつもりだったのを、奥さんが風水かなにかに凝り出し、方角があわない、いついつまでに処分しなければならない、と言ってきかなくなったのだという。価格は田辺さんが覚悟していた額の、半値に近かった。

そこまで不便な土地をわざわざ自分のものにすることはない、と忠告してくれる知人もないではなかった。尾名川が描くゆるやかなカーブの内側の、砂州につながる傾斜地に位置しているため、大水が直接ぶつかる危険はなかったが、車の通りの少ない休日になると、流れの音が岸辺の松林を抜けて響いてくるほどには水に近かった。湿気に弱い素材を扱うだけに、本来は避けるべき環境である。しかし田辺さんは、これでいけると判断した。自宅に隣接する仕事場のすぐわきには、いまでこそコンクリートで蓋をされて暗渠《あんきょ》になっているけれど、かつてはむきだしのどぶ川が流れていて、夏場などには生活排水の臭《にお》いがむんとただよい、工場全体をじっとりとした空気で包み込んでいた。そういう場所にあっても、土台をしっかりコンクリートで固め、鉄骨で補強した中二階にあげておけば、資材に黴《かび》が生えたりしけたりすることはなかった。川風が軽快に走るぶん、こちらのほうが空気のよどみも少ない。軽トラックが二台は入る駐車場も確保できそうだった。

ただし、気にかかることもあった。河岸沿いにぽつぽつと建っている家々のなかには、なんとなくかしいで見えるものが多かったのだ。廃屋が崩れかかっているのでもないし、走っている道が傾斜しているのでもない。段丘そのものの強度が弱くて、地滑りや地盤沈下を起こしているのだろうか。しかし、応急措置ですまないくらい支柱が傾いたりすれば問題だが、外から様子をうかがっているかぎり、その種の事態は起きていないようだった。もっと水に近い土地に住んでいて、だいぶたってから親しく交わるようになった専業農家の西脇さんのところには、先々代がととのえたという立派な竹林があり、その根が敷地を丈夫にし、土地の崩れを防いでくれてるんだと胸を張っていた。そうだ、怖ければ笹《ささ》でもなんでも植えて、根を張らせればいい。田辺さんの決意に揺るぎはなかった。

以後二十年、不景気のときの身の振り方以外はなんの心配もなく過ごしてきたのに、ここへきて妙な変調が生じたのである。やはり地盤がゆるんできたのだろうか。

「それはないんじゃないかしら」田辺さんの言葉を、妻はただちに否定した。「だって、地盤沈下だったら、建物ぜんぶがゆがんで、テレビでやってるみたいに戸が開かなくなったり、物が床を転がったりするでしょ」

「そうだな」

「裁断機そのものに異常はないの？」

「さっきも、ちゃんと動いてた」

「数をこなしてるうちに刃の間隔がずれるとか、そういうことなかった？」

「ないな」土地ではなくて機械の問題なら、ずっと気が楽だ、と田辺さんは思った。

「だって変な感じがするのは、そのまわりだけで、ほかは大丈夫なのよ。さっきも言ったけど、建物がおかしいんだったら、スレートの壁なんて簡単にひびが入ったりするんじゃない？」

寿司を食べ終わった田辺さんは、マッチの軸を楊子《ようじ》がわりにして歯に詰まったものを出しながら、妻の言葉を聞いている。体力は衰えても作業の正確さには自信があったし、機械の様子がおかしいとも感じなかったが、妻の言うことにも一理ある。

「じゃあ、青ちゃんに来てもらうか」

「あたしもそれ考えてた。このあいだ来てもらってから、もうずいぶんになるのよ。去年の夏から点検してないもの」

「そんなになるか」

田辺さんのところで使っている工具の九割は、青島機械製作所の青島さんの手になるもので、社長兼技術製作者の青ちゃんと田辺さんとは四十年以上のつきあいだった。地元の工業高校を出てすぐ田辺さんが就職した化粧箱の製作会社で、仕入れ担当者と機器の保守・修理担当者として知り合ったのだが、年が離れていなかったせいか最初から気があい、休日にはよく仲間を誘って尾名川の下流にある河川敷のグラウンドで野球を楽しんだ。独立したのは、年上の青島さんが先だった。それに刺激されて、一年後、田辺さんもあとを追うように会社を辞め、あたらしく始める事業に必要な機材を、既製品の中古ではなく青島さんの手づくりの品でそろえることにしたのだ。

機械いじりが三度の飯より好きだというわりに、青島さんは不器用である。作業はむかしから評判になるくらいのろくて、さほど大きくないベルトコンベヤーの修理とメンテナンスにまるまる二日かけることもめずらしくなかった。そのかわり、青島さんの修理と保守点検は、どんな機械でも内部は新品同様の状態にもどしつつ、それまで使っていた人の癖はうまく残すという誰にも真似《まね》できないものだった。機械が自分でたくわえてきた使用者の癖の痕跡《こんせき》を消さずに、部品だけを生き返らせてやるのだ。野球のグラブの調整とおなじだよ、と青島さんはことなげに言う。時間をかければいいってわけじゃないけどさ、自分にあったペースってものがあるだろ、機械にも個体差があって、それぞれに見合うペースがあるんだよ。

青島さんの機械は、つくった当人でなければなにもわからないブラックボックスみたいなもので、素人目《しろうとめ》にもスマートな姿とはいえなかった。保守部品もぜんぶ自前だから、べつの業者に修理を依頼することもできない。信じられない話だが、彼は他人が描いた設計図は読めるのに、自分ではまったく描くことができないのだった。字がうまくないという事情もたしかにあった。もう少し習字の勉強でもしといてくれたらな、と田辺さんが茶化すと、おれはだめだよ、ひとさまに読んでもらえる字なんて自分の名前くらいだもの、親父《おやじ》がむかしおれの字を見てさ、ミミズが這《は》ってるみたいだってよく言ったよ、こんなに字が汚いんだからおまえは医者になるべきだってね、と煙に巻いたものだ。設計図が描けないのは、手探りで現物をかたちにしてからそれを展開図に戻すという、ふつうと逆の順序で仕事をするからで、青島さんは、頭のなかにあるイメージを外に出してしまわないかぎり、作業を進めることができないのである。

なべちゃん、修理は部品の取り替えじゃないよ、というのが青島さんの口癖だった。おれのこしらえた機械の調子が悪くなったら、外から手を触れただけでどこがいかれてるか、たいていわかるんだ、触ってわかるのは、すべて分解して組み立てられるような、単純な構造を基本にしてるからだよ、不格好な機械だって言われるけど、中身は機械自身がいちばん動きやすいようにできてるんだ。大型でも小型でも、分解して部品の汚れを油できちんと落としてやれば、いつまでも使えるっていうのが、機械屋のやるべきことだよ。

たしかにそのとおりだ、と田辺さんも思う。故障したとなると、あやしげな個所を特定せずにその周辺をごっそり取り除き、あたらしいユニットをはめ込むだけで果たして修理と言えるのか。局所的に直すかわりに、まわりをぜんぶ取り除くなんて、胃の一部だけ悪いのに、まるごと摘出せよと迫るようなものだ。病巣《びょうそう》の一点だけを治療して、周辺の臓器を傷つけず、身体《からだ》によけいな負担をかけないやり方があるとしたら、そちらを追求すべきなのに。この辺が悪いで済ませてしまうのではなく、大雑把から徐々に問題の箇所へ、つまりピンポイントでよくないところへ手をのばしていく根気が欲しい。分解して組み立てられるくらいの、単純だが融通のきく構造が、機械にも、社会にも、人間関係にも欲しい、と田辺さんはいつも考えていた。息子や娘とも、もちろん妻ともそんなふうにつながっていられれば、どんなに健全か。単純な構造こそ、修理を確実に、言葉を確実にしてくれるのだ。

青ちゃんは、その点、ほんとうに徹底してるな、と田辺さんは賛嘆する。自分の「作品」を受け入れてくれた顧客にたいして、最後の最後までその面倒を見ることが、仕事の大前提になっているのだ。黒々と豊かになびいていた髪が真っ白になったいまでも、日曜祝祭日を問わず、青島さんは頼まれれば時間が許すかぎりやってきて、労を惜しまず機械と向きあう。というより、青島さんの仕事の進め方では、人のいない休日か、営業時間外にやるしかないのだった。来週あたりなら、来てくれるかもしれない。

「そうだな、いちおう、診てもらうか」歯の掃除を終えた田辺さんは、指先に持つものをマッチ棒からハイライトに取り替えて言った。

「そうよ、電話してみなさいよ。ついでに糊《のり》づけ機のモーターも調整してもらいたいし。途中で紙がまるまって詰まっちゃうのよ。遅くなったら、夜はうちで食事してけばいいって、青ちゃんにそう言っておいて」

箱に貼《は》りつける化粧紙や商品名と番号を記したレッテルの糊づけ機は、創業以来ずっと働きつづけている田辺さんの大事な仲間だ。糊を水で溶いて薄めた液体を、細い金属のローラーが並んだ小さなコンベヤーが巻き取り、濡《ぬ》れたローラーのうえを最大でも十五センチ四方の、商品名をスタンプで押した頼りない紙が流れて、いちめんに糊が塗られてから作業員の手もとに出てくる。モーター以外は壊れようがないほど単純な仕掛けだが、箱にそれを貼るのは人の手だった。何百枚とやっているうち指先についた糊が乾いて、がさがさになる。指が塩の柱みたいに硬くなり、内側がむずがゆくなる。田辺さんの息子は、パソコンでシールにすればもっと清潔だし見栄《みば》えもいいと、家に帰ってくるたびに進言する。そういうものをあっという間に印刷する装置があるらしい。親父のために言ってるんだと息子が迫るたびに、田辺さんの脳裏には青島さんの顔が浮かんだ。青ちゃんだって、設計図だけではなく完成品の三次元図までパソコンで楽々描けるこの時代に、自分で組み立て、動かしてみなければ、なにをつくったことにもならないと、手作業に終始しているではないか。田辺さんは、若いころから、そうやって青島さんとのあいだに一種の共闘意識を抱きつづけてきた。あいつがあのままなら、おれもこれまでどおりでいい、とそのたびにさばさばした気持ちになるのだった。

電話をすると、青島さんは工場にいたが、今週は雪沼のスキー場のリフトと、閉鎖された古いボウリング場の、ピンセッターの解体があって、来週の日曜まで身体があかないらしい。得体の知れないものに手を出すところもむかしとまったく変わってないな、と田辺さんは笑った。

青島さんは、約束どおり翌週、日曜の午後にやって来た。まず糊づけ機のモーター速度と切り替えレバーを丁寧に調整し、それが片づくと裁断機のまえに立って、腕組みをしながら田辺さんの説明を聞いた。傾いてるって、おれはそうは感じないけどな、と言うか言わぬか、コンクリートの床に、傷があって不良品となった段ボールを何枚か敷物がわりにして、青島さんは仰向《あおむ》けになった。

青ちゃんを見てると、年をとった気がしない、と田辺さんは胸のうちでつぶやく。六十代なかばにさしかかってるのに、青ちゃんの身体のまわりの空気はむかしとなにひとつ変わらない。一方、おれの周囲からは、そういう単純さ、透明さが、この十年のあいだにどんどん消えていった。単純なこと、明快であることを、効率のよさととりちがえている人間が多すぎる。効率がいいからといって、物事が単純になるとはかぎらないのに、そんなことも理解できない人間が、いつのまにかのさばるようになってきた。雪沼はひとつの例外としても、道路沿いの景色は、五十キロ走った先の、異なる町の景色とほとんどおなじだ。駐車場がやたらひろくて、その端にプレハブみたいなスーパーとパチンコ屋がならんでいる。地盤が崩れかかっているのは段丘の下部ではなく、それに支えられているかつての谷底のほうではないか。

雨あがりのつよい陽射《ひざ》しで、仕事場のなかはひどく蒸し暑かった。うっかりして煙草《たばこ》に手をのばしそうになった田辺さんは、黙々とペンチを動かしている青島さんに、適当なところで休んで、冷たいものでも飲みに来いよと声をかけて事務所に入り、ハイライトをたてつづけに数本吸った。それから冷蔵庫を開けてみたが、あいにく缶入りの緑茶を切らしていた。なかに入っていたのは、週末に来た顧客の手土産の、缶ビール六本だけだ。喉《のど》がひどく渇いていたので、田辺さんはぐいっと一本飲み干し、我慢できずにもう一本、妻の顔を想《おも》い浮かべながら飲み切った。顔がほてり、首筋の血管が脈打つ。田辺さんはうとうとしはじめる。瞼《まぶた》の裏側で、青島さんがまだ地面に寝転がっていた。青ちゃん、ちょっと休んだほうがいいぞ。そう言うと青島さんは青い顔で立ちあがり、だめだ、情けない、おれも年を取ったよ、と思いがけない台詞《せりふ》を吐く。なんだ、らしくないことを言うなよ、それで、どうなんだ、やっぱり機械の故障か、と田辺さんがたずねると、青島さんは困惑した表情で首を振った。おれのミスだ、信じられない、右脚のボルトの締めが甘くて高さがわずかにずれてた、右も左もおなじように締めたはずなのに、腕の力が衰えたんだな、ほら見てくれ、右腕のほうが変だろう、触ってくれよ。目をむけると、青島さんの右腕はまっくろな細い針金になっていていまにも折れそうだった。ほら、なべちゃんもそうだろ、脚も手も、みんな細いじゃないか、こりゃだめだぞ。驚いて田辺さんが自分の脚と手を見る。針金より細く頼りなげな手足に悲鳴をあげて目を覚ますと、大きなガラス越しに、狭い通路のむこうで寝転がっている青ちゃんの真っ白な髪が、どろんと白子を散らしたようにひろがっていた。

送り火

やっぱり、買ってきたねえ、と少しかすれ気味の声で、ゆっくりと言葉をかみくだくように陽平さんは言うのだった。話し言葉のリズムは自分の心拍数にあわせるのがいいというのが持論で、ひょろりとしてすぐにも折れそうなくらいきゃしゃな体つきだが、若いころは長距離をやっていたから心肺機能はたしかに年齢に釣り合わないほどしっかりしており、日常生活でじっとしているときの心拍数は平均値をはるかに下まわるらしく、かかりつけの医者がいつもびっくりしていた。一回のね、鼓動で、運ばれる、酸素の量が、たぶん、ひとさまよりも、多いんだろうね。そんなふうに言葉の節目を多めにしながら、背筋をぴんと伸ばしてとつとつと語る陽平さんのゆったりしたリズムには、同世代の人間ばかりでなくずっと年少の、孫の世代の子どもたちをも自然と黙らせるような、ちょっと浮世離れした独特の間があるのだが、高校時代の気の置けない友人と小旅行を終えて戻ってきた絹代さんに、もっとさ、景色やら、料理やら、土地の人の顔やらを、楽しんだら、どうだろうかね、実際にだよ、使うんだったら、わからんでもないがね、もう、だいぶ、集まったわけだし、いや、これは、ぼくの、考えで、好きに、してくれれば、いいんだよ、といつもとかわらぬ笑みを浮かべて、絹代さんが旅先の温泉で買ってきた、めずらしく真鍮《しんちゅう》のしっかりしたランプに触れながら、今度もまた、こんなことを言うのはどうかと思うが、といった顔で淡々と話すのである。

「だって、ほんとに灯《とも》したら危ないわよ。せっかく塗りなおした漆喰《しっくい》にすすがついたらもったいないし、上には紙がいっぱいあるもの、火がついたらあっというまに燃えちゃうわ」

「でもね、むかしは、ほら……」

「ろうそくの火で読んだり書いたりしたもんだ、でしょ？　もう、すっかりおじいさんなんだから。むかしはむかし。子どもたちの眼のことを考えてあげなくちゃ」

陽平さんは絹代さんよりふたまわりほども年上で、この秋で七十二になる。おじいさんという言葉に嘘《うそ》はなかった。絹代さんが灯油ランプを集めるようになったのは、陽平さんといっしょになるまえからのことだ。旅の記念に灯芯《とうしん》が太い紐《ひも》になっているあのランプを買うのが絹代さんの数少ない趣味のひとつで、訪ねた土地の名が入っている三角ペナントや通行手形を集めている友人たちからは、デパートのキャンプ用品売り場で買えるような特徴のない品を、なぜわざわざ旅先で求める必要があるのか、とあきれられたものだが、絹代さんに言わせれば、そういう土産物こそ現地とはまったく無関係の業者が一括して扱い、規格の定められた板や布きれにただ適当な絵を吹きつけているだけなのだから、ほんとうに集める気があれば問屋を訪ねればいいのだった。

もちろんランプについてもおなじ理屈で反駁《はんばく》することはできるはずだが、みんなにあわせて手に取るのはせいぜい絵はがき程度のものだった。それでも田舎の土産物屋などには、製造中止になった型落ちのデッドストックがあったり、店先に吊《つる》してある展示品のなかに、空調の行き届いたデパートではぜったいに得られない風合いに変化している品があって、なにかにつけぴかぴか光って瞳《ひとみ》に乱暴なものが苦手な絹代さんは、旅先でランプを見つけるたびに、かさばるのを承知でついつい手を出してしまうのである。金メッキでガラスにひずみのない上等なものを抱えてくることもまれにはあるけれど、たいていは材質も安価なアルミばかりで、気がつくと居間の黒ずんだ太い梁《はり》から、大きさもかたちもばらばらな、一度も火を灯したことのないランプがずらりとぶらさがっていた。

「夏休みの、あいだくらいは、いいじゃないか。台風で、停電になったとき、そういうときに、使ってやったらさ、子どもらは、喜ぶよ。ぜんぶと言わず、ひとつ、ふたつ。たとえば、の話だがね」

子どもたちといっても、彼らの、ではない。二階で開いている書道教室に通ってくる、近所の小中学生たちのことだ。絹代さんと陽平さんは、この夏のはじめにひとり息子の十三回忌を済ませたばかりだった。

＊

父親が亡《な》くなって二年ほどした秋口に、以前は農家の一部だったこの大きな家での、老いた母とのふたり暮らしが心細くなり、絹代さんは地元の不動産屋に頼んで、独身女性限定として、写真つきで貸間アリマスの広告を出した。なにしろ県道からややはずれた、昼間は市営バスが一時間に二本しか走らないような山あいに位置する古びた農家で、貸し出そうとしているその部屋は、天井が低く、いびつな梁が剝《む》き出しになった、よく言えば二十畳敷きの板の間で、物入れはあるけれど台所も手洗いも風呂《ふろ》も家主と共同になるという、要するにまかない付きが条件の、ひどく中途半端《はんぱ》なものだった。当時世話になった不動産屋の代替わりした若社長が、あれは三十年はやすぎる物件でしたね、とまんざら冗談でもなさそうに言ったことがある。こんな黒光りする、幅広の厚い床材がならんだ土蔵ふうの部屋を探している若者が、いまの世ではけっこう見つかるらしいのだ。絹代さんにはぴんと来なかったが、なるほど県道沿いにある小綺麗《こぎれい》な喫茶店などにはよく似たつくりのところがあった。

しかし、半年以上のあいだ、借り手はひとりもあらわれなかった。独身女性を対象とするには、設備がどうのより、いささかひろすぎるのが問題だったかもしれない。もう貸間なんてよけいなことを考えず、やっぱり母とふたりで静かに暮らそうとあきらめかけた二月末の寒い日曜日、事前になんの連絡もなくふらりとあらわれたのが陽平さんだった。周旋屋さん——不動産屋のことを陽平さんはそう言った——で、ひろい、板敷きの部屋が、ひとつ、空いている、とうかがったのですが、と当時四十代後半にさしかかっていたはずの陽平さんはなぜかいまとまったくおなじかすれ声の老成したしゃべり方で切り出し、申し訳ありません、男の方にはお貸ししないんですと驚くふたりに、はい、それはもう、うかがったうえで、やってきたんです、と言い、まだ二十代だった絹代さんの顔を恥ずかしくなるくらいじっと見つめて、おだやかにつづけたのである。じつはむかしからの夢である書道教室を開く決心をかためて、会社を辞めた。交通の便のいい町なかは高すぎるし、そもそもじゅうぶんなひろさの部屋がない。公民館の集会室を借りようかとも考えたのだが、椅子《いす》とテーブルにリノリウムの床ではしっくり来ないし、それよりなにより、公共施設でお金をとる催しはできないと役所に断られて行き詰まった。たしかにここは不便そうに見えるが、バスもあるし、山の上の小学校の通学路にもなっているから、近隣の子どもたちを集めやすいと思う、もしできるならば、住むのではなく、毎日、夕方から夜にかけての何時間かだけ、お宅を教室として貸していただけないものか。陽平さんは部屋も見ずに、風呂あがりのような表情でそう語って頭を下げた。

母と娘は、正直、不意をつかれて顔を見合わせた。男性に、しかも書道教室として貸すなんて考えもしなかったからだ。ともあれせっかくだからと部屋を案内し、どうぞ召しあがってくださいと陽平さんから差し出された豆大福をお茶請けに三人で話をしているうち、絹代さんは、このひとが会社を辞めたのは書道教室を開く開かないという以前に、勤め仕事にむいていなかったからだろうと思った。まわりを拒んだりはしないけれど、ひとりだけべつの時間を生きているような雰囲気を持っている。年齢も、まったく読めなかった。でも、なんだかこの人なら信用できそうだと絹代さんは直感し、まだとまどっている母親に、小さな子が集まるんならにぎやかでいいんじゃないかな、楽しそうだから、貸してあげましょうよ、と好意的な意見を述べた。母親は母親でまたちがう基準から陽平さんを眺めていたらしいのだが、自分よりも遅いペースで話す男の人をひさしぶりに見たと言ってしまいには納得してくれたのである。

貸し教室としての賃料は不動産屋で適切な額を見積もってもらい、数日後には与えられた書式での契約を無事に済ませる早わざで、それから十日ほどのちに、折り畳み式の細長い座卓が五つと薄い座布団《ざぶとん》が十数枚、そのほか、紙だの墨だの筆だの作品を乾かすのにつかう下敷きとしての古新聞だのといった消耗品がつぎつぎに運び込まれて教室の体裁をなし、新学期がはじまって落ち着いたころには、貼《は》り紙や口コミも手伝って、学年もばらばらな小学生が五名集まった。とても暮らしが成り立つような人数ではなかったけれど、夏休みを迎えるまでには総勢十二名となり、家の空気もがらりと変わってしまった。勤めている駅裏の大手電器店から絹代さんが自転車で帰ってくると、いちはやく学校を終えた低学年の子どもたちが課題を済ませていて、新興の一戸建てばかりで古い田舎家を知らない彼らは、ぎしぎしきしむ階段があるだけでもう楽しいらしく、わざと大きな音をたてて降りてくる。階段は居間の一角にあるので、教室に出入りする子どもたちは、絹代さんと母親の生活をそのまま横切っていくことになり、なんだか親類の家に遊びに来ているような雰囲気なのだ。そしてかならず、おばちゃん、おばあちゃん、さよなら、と言って帰っていく。この年でおばちゃんはないよ、と泣くふりをしたりすると子どもたちは逆に喜んで、ぜったいにおねえちゃんとは呼んでくれない。そして、絹代さんにはなぜかそれがとても嬉《うれ》しかった。

絹代さんは遅い子どもだったから、母親はそのころもう還暦を過ぎていたのだが、夕方、じっと坐《すわ》っているだけでだんだんお腹《なか》がすいて、集中力がなくなってくる小さな子どもたちのために、ずっと悩まされている膝《ひざ》の痛みも忘れて、ふだん口にしているより味を濃くして食べやすく工夫した煮付けとご飯の簡単な食事を用意したり、おやつにおはぎをつくったりするようになった。これには絹代さんと陽平さんのぶんも入っていたので、日々の延長でしかなかったとはいえ、それでも大人数の食事を用意することに忘れていた喜びを見出《みいだ》した様子で、母親の気の張りはまちがいなく娘にも伝わった。絹代さんも仕事が終わってからのつきあいを抑えて、子どもたちとまじわるために帰宅を急ぐようになったからである。食事のできる書道塾はやがて親たちのあいだで評判になり、外出予定が入っている日など、もっと遅くまで子どもをあずかってもらえないかと頼んでくる人も出てきた。子どもたちは、陽平先生に赤丸をもらったあと、すすも油汚れもないきれいなランプがいくつもぶらさがっている階下の居間で食事をし、そのまま食卓で宿題をやったり、隣の畳の間に置いてあるテレビを見たりする。話についていけない母親のかわりに、そういうときはどうしても絹代さんがいなければならず、本業がどちらにあるのだかわからなくなるほどだった。

最初のうち、絹代さんは遠慮して教室の様子をのぞくことはしなかったのだが、親からの電話で子どもを呼び出したり、おやつの差し入れをしたりするときには、どうしたって見えてしまう。階段のすぐ近くに物入れがあるため、陽平さんは取り出しやすいようにとそのまえに自分の机を置いていた。だから子どもたちの顔を見るより先に、彼らのほうをむいて坐っている陽平さんの、針金でも入っているんじゃないかと疑いたくなるくらいまっすぐな背中と鶏《とり》ガラみたいにほそい首筋を拝まなければならないのだが、手本をしたためているときも朱を入れているときも、硯《すずり》で墨をすっているときも、子どもたちと言葉を交わしているときも、まだ枕《まくら》を話しているだけで本編に入っていない噺家《はなしか》みたいに座布団から垂直に頭がのびていて、その姿勢がまったく変化せず、食事の際も変わらないものだから、たまに傾いているとかえって不自然な感じがするのだった。墨は餓鬼に磨《す》らせ、筆は鬼に持たせよ。教室の壁に貼られた格言の、ここぞというときには力が発揮できるのにそれをあえて抑える自然体は――そういう意味だと教えてくれたのは、もちろん陽平さんだ――、すべての行動に当てはまる指針だと思った。

しかし、とりわけ絹代さんを惹《ひ》きつけたのは、教室ぜんたいに染《し》みいりはじめた独特の匂《にお》いだった。子どもたちはみな既製の墨汁を使っており、時間をかけて墨を磨るのは陽平先生だけだったけれど、七、八人の子どもが何枚も下書きし、よさそうなものを脇《わき》にひろげた新聞紙のうえで乾かしていると、夏場はともかく、窓を閉め切った冬場などは乾いた墨と湿った墨が微妙に混じりあい、甘やかなのになぜか命の絶えた生き物を連想させるその不気味な匂いがつよくなり、絹代さんの記憶を過去に引き戻した。まだ小さかったころ、ここにも生き物がうごめいていたのだ。絹代という名前は祖父母がつけてくれたもので、彼らはこの古い家の二階で細々と養蚕を手がけ、生活の資をさずけてくれる大切な生き物を、親しみと敬意をこめて「おかいこさん」と呼んでいた。同居していた息子夫婦はともに会社勤めだったから、孫の絹代さんがあとを継ぐ可能性はほとんどなかった。あの時分はまだ片手間にでも養蚕にかかわっている家がいくらもあったし、そこで生まれた娘に絹子だの絹江だの絹代だのといった名前をつけることもないではなかったが、絹代さん自身は、二階の平台にならべられた浅い函《はこ》の底をわさわさとうごめいている白っぽい芋虫の親玉と自分の名前がむすびつけられるのを、あまり好ましく思っていなかった。

触ってごらん、と言われるままに触れたその虫の皮はずいぶんやわらかく、しかも丈夫そうだった。使いこんだ白い鹿革《しかがわ》の手袋の、ところどころ穴があいたふうの表面の匂いとかさつく音をこの書道教室に足を踏み入れた瞬間ふいに思い出し、匂いといっしょに、あのグロテスクな肌と糸の美しさの、驚くべきへだたりにも想《おも》いを馳《は》せた。あたしは肌がつるつるさらさらして絹みたいだから絹江になったの、絹代ちゃんとこみたいに蚕を飼ってるからつけられた名前じゃないよ、と一文字だけ名前を共有していたともだちが突っかかるように言った台詞《せりふ》が、絹代さんの頭にまだこびりついている。生家の周辺を離れれば、養蚕なんてもう、ふつうの女の子には気味の悪いものでしかない時代に入っていたのだ。それなのに、墨の匂いを嗅《か》いだとたん、かつてのおどろおどろしい記憶がなつかしさをともなう思い出にすりかわったのである。陽平さんにそれを話すと、墨はね、松を燃やして出てきたすすや、油を燃やしたあとのすすを、膠《にかわ》であわせたものでしょう、膠っていうやつが、ほら、もう、生き物の骨と皮の、うわずみだから、絹代さんが感じたことは、そのとおり、ただしい、と思いますよ、と真剣な顔で言うのだった。生きた文字は、その死んだものから、エネルギーをちょうだいしてる。重油とおなじ、深くて、怖い、厳しい連鎖だね。

なぜだろう、絹代さんはそのときはじめて、陽平さんのこれまでの人生を、あれこれ聞いてみたいとつよく思った。ほとんど毎日顔を合わせて食事をしているこの不思議な男の人の過去と未来を知りたい気持ちがどんどんふくらんで、それを押しとどめることができなくなっていった。どこで生まれて、どこで育って、どんな子ども時代、どんな青年時代を送ったのか。教室を閉めたあと、無理に頼んで持ってきてもらった古いアルバムを居間で開きながら飽きもせずに質問を重ねていると、これまで陽平さんを知らずにいたことがとても信じられなかった。絹代さんの横顔にときどき視線を投げながら、陽平さんは遅くまで、質問のひとつひとつに、あまりにまじめすぎて逆にはぐらかされているのではないかと聞き手が不安になるほど丁寧な説明をくわえた。そういう陽平さんの顔を、今度は絹代さんが見つめているのだった。

絹代さんの気持ちが固まったのは、翌年、あんなに楽しそうに子どもたちと接していた母親が心臓発作で急死して、その喪が明けたさらに翌年の正月のことだ。全員参加の書き初め大会が教室で開かれ、四文字以内で好きな言葉を清書し、それをみんなに披露しながらひとりずつ新年の抱負を述べたとき、陽平さんは最後にすっくと立ちあがって一同を見渡し、当時大変な人気があったテレビ番組にひっかけて

「絹への道」と書いた紙を掲げると、シルク、ロード、です、これが、ぼくの、今年の、抱負、です、と例の口調でそう読みあげておおいに笑いを取ったのだが、子どもたちには洒落《しやれ》にしか聞こえない話で陽平さんがなにを言おうとしているのか、「初日の出」だなんてありきたりな言葉でお茶をにごした飛び入り参加の絹代さんにはすぐに理解できた。頬が少しほてった。有名な女優さんとおなじだねえと大人たちからいくら褒められても嬉しくなかった名前を、陽平さんは、あたたかい、人肌に触れるために生まれてきたなめらかな布地に、一瞬で変えてくれたのである。

その年の秋、絹代さんは陽平さんの妻になり、教室を手伝うために勤めを辞めて、母親が軌道に乗せつつあった子どもむけの簡単な夕食も、今度はあらかじめ費用を徴収したうえで再開した。どうせやるなら少しでもましな料理をと、車の免許も取り、陽平さんに無理を言って、雪沼の坂にあった風変わりな西洋料理教室へ通ったこともある。努力が報われたのだろう、教室には子どもたちの親も生徒として集まるようになった。息子の由《ゆい》が生まれたのは、それから三年後のこと、絹代さんは二十八、陽平さんは五十になっていた。はじめて得た子どもを、ふたりは溺愛《できあい》した。赤ん坊を抱くときも陽平さんの背筋はつねに地面から垂直にのびていて、絹代さんをまた笑わせてくれた。

*

由は自転車が大好きだった。小学校にあがり、補助輪なしで乗れるようになると、習字がはじまる時間まで友だちを誘って近隣を走りまわり、あとで聞いて、えっ、と声をあげたくなるくらい遠いところまで出かけていった。十二インチから十六インチ、すぐにまた二十インチと、成長にあわせてシャツを着替えるみたいに由はつぎつぎに新車をねだった。このあいだ、十三回忌でひさしぶりに顔をあわせた冨田自転車店の冨田さんが、焼香のあとの酒の席で語ってくれた話に、絹代さんはありがたく耳を傾けていた。由君はうちの上得意だったからねえ、やってくれと言われたことは、たいていいやってあげましたよ、と冨田さんは法事のたびにおなじ話をしているのをすっかり忘れて、でも、心をこめて陽平さんに相対していた。法事というのは、結局おなじ思い出話をなんども語り直す場なのだ。

うちらのような商売でも流行《はや》りものがありましてね、兄貴がいる友だちにでも吹き込まれたんでしょうな、競技用自転車のまねっこだったかもしれませんが、グリップを取りはずしてパイプだけにしたハンドルに、布製の色テープを巻くんですよ。雨にあたれば色なんて褪《あ》せちまうよって忠告したんですが、どうしてもって、友だちが赤や紺をしてるのに、あの子は黒じゃなきゃ、さまにならない、なんてずいぶん大人びたことを言ってね、そういうときの口調は、あなたにそっくりでしたよ、先生……。

あれは小学校二年生のときだったか、冨田さんにパンクの修理を習ったと由が自慢げに帰ってきたことがある。ただで教えてくれたというから絹代さんがびっくりしていると、そのかわり、来月と再来月の小づかいで、車体につける水筒を買う約束したんだ、だから冨田さんにも見返りはあるよと言う。見返りだなんて、そんな言葉、いったいどこの誰に習ったの？　偉そうな口きくんじゃないの、あんまり押し掛けちゃ迷惑でしょと叱《しか》ってやると、冨田さんはいいひとだよ、自転車のことなら、なんだって知ってるんだ、でも、ぼくたちがなにか買ってあげないとお客さんがいないもの、と真面目《まじめ》な顔で応《こた》えるので、彼女は吹き出してしまった。大手スーパーに安い自転車がずらりとならび、ひととおりの調整ができる人材も確保しているご時世に、町の小さな専門店がどうやって生きのびていくか。それはなにも自転車屋にかぎった話ではない。でも、冨田さんの顔を見るたびに、絹代さんはあのときの由の、母親の笑いをとって得意げな表情を思い出すのだ。まるで飼い主に褒められた子犬みたいな、心の底から嬉しそうだったあの表情を。

寂しがっている絹代さんを気づかって、陽平さんが犬でも飼おうかと言ってくれたことがある。しかし、ここに来る子たちがみんなあたしの子だから、いいの、と彼女は断った。少女時代、絹代さんはコウタという柴犬《しばいぬ》を飼っていた。犬かきという言葉が本当かどうか知りたくて、ある夏、尾名川へ連れて行き、浅瀬の冷たい水のなかにそっと離した。すると彼女の両手が離れるか離れないかのうちに、どんなふうにまわしているのか蹴《け》りあげてしまった川底の細かい砂に邪魔されてはっきりと確かめられなかったけれど、コウタは短い四肢をくるくるとまわしてあたりまえのように水に浮いたのである。顔を濡《ぬ》らしさえせずに、どうして泳げるんだろう、誰に教えてもらったんだろう。びっくりしているうち、コウタはあっというまに岸にたどりついて彼女のほうを振り返った。その表情があまりに人間みたいでつい笑ってしまったのだが、あのときの由の顔が、いまの絹代さんの頭のなかでコウタと重なる。どちらが古い記憶なのか、はっきりしなくなる。すぐ拭《ふ》いてやろうとして取り出したタオルをするりと逃れてコウタはぶるぶる身体《からだ》を奮わせ、くしゃみをひとつしてからなにごともなかったかのようにまた川原で遊びはじめた。家にもどって母親にその日の出来事を話すと、犬は本能で岸のほうに泳ぐから大丈夫だろうがね、万が一、流れに負けて岸にたどりつけなかったら、おまえ、どうするつもりだったんだい、ときつい声で言うのだった。あとを追いかけて自分のほうが溺《おぼ》れたら、どうするんだい？　この次からは念のために誰か友だちを連れてくんだよ。

念のためか、と絹代さんはつぶやいたものだ。念のためって、いったい、どういうこと？　あのときからずっと、大人になってもそれが気になっていた。大丈夫だとは思うけれど、万一のことがあるから、少しでもあやまちを回避できるように、念のため。ふたたび絹代さんはつぶやく。わたしはまるで、念のために生きてきたみたいなものだ、念ばかり押されて、念ばかり押して。押されない念があったら、お金を出してでも買いたい。押されなくてもいい念があったら、世界中をさがしまわってでも手に入れたい。でも、あの日だけは、つまらないこだわりを棄《す》てて、外に出ちゃだめよと、それこそ念のために声をかけておけばよかった。

夜半から降り出した大雨で通りは一面の川となり、濁流がうなりをあげて低い土地へと流れていった。路肩に停められた車と電信柱が見えるだけで下になにがあるかはまったくわからない。大雨洪水警報の発令で学校は休みになったものの、朝ご飯を食べたあと外に出た由は川と化した道路に目を見張り、きっと、ほんとの川はもっとすごいんだろうね、と興奮しながら絹代さんに言った。そのあと内緒で大きな長靴を履き、雨合羽《あまがっぱ》を着て、数百メートル先の尾名川を見に出かけたのだ、それも自転車を引いて。橋への道は登り坂になっているから、途中まで引いていけば、あとはなんとか乗ることができる。川をながめたら急いで戻るつもりだったのだろう。水に沈んだ長靴は重く、容易に進めなかったはずだ。おまけに下水道が満杯になって、あふれ出した水がマンホールの蓋《ふた》を持ちあげ、濁流の下にぽかりと見えない穴が空いていた。由はその穴に飲まれ、絹代さんが少女時代にコウタを泳がせた尾名川まで、暗いトンネルを運ばれていったのだ。

遺体が発見されたのは、雨があがった数日後、五キロも下流の岩場だった。先に見つかった自転車である程度の覚悟はできていたとはいえ、呆然《ぼうぜん》自失を通り越し、ほとんど半狂乱になった絹代さんは、あたしも死ぬ、死んでやると泣きわめいた。あばれる絹代さんを羽交い締めにして、気持ちが鎮《しず》まるまで押さえていたのは、そのときだけ針金さながらの書道の先生からひとりの屈強な男性になった陽平さんで、あなたがぼんやりしてるからよ、いっしょに家にいたのに、あなたがぼんやりしてるからよ、と責められながら、陽平さんはなにも言わずに耐えていた。落ち着いたあとも、絹代さんは書道教室の子どもたちの元気な姿を見るのがつらくて、この子が無事でどうしてあの子がと理不尽な比較をする自分がいっそう空《むな》しかった。辛《つら》いのは陽平さんもおなじだったはずなのにと悔いたのは、ずっとあとのことだ。六十をまぢかに控えた陽平さんの年齢を考えれば、なおさらのことだった。

表向き、陽平さんはなにも変わらなかった。若返りはしないが老《ふ》けることもなく、息を止めて一気に筆を走らせる書の道に、肺活量と集中力は不可欠だからと教室の子どもたちともども運動に精を出す一方、絹代さんの気晴らしになりそうな催しには、苦手なのを我慢してきちんとつきあってくれたし、むかしの友だちとの小旅行などにもどんどん行かせてくれた。ランプが急激に増えたのは、そのころからだ。ただし、それでも絹代さんは火を灯《とも》さなかった。陽平さんにいくらあきれられても首を縦に振らなかった。

ところが、陽平さん恒例の、やっぱり、買ってきたねえという出迎えの言葉にこれまた恒例の応答をしながら、絹代さんの頭には、なぜか葬儀のときの冨田さんの声が響きはじめたのである。怒らないで聞いてください、と冨田さんは絹代さんと陽平さんの目をのぞき込むように言ったのだ。由君が最後の自転車を買ってしばらくしてから、前輪の発電機をはずして、カンテラみたいな脱着式ライトにしたいって頼んできたんですよ、電池式のやつです、ハロゲンはまだまだ普及してなかったから、ハンドルの軸にとりつけて、自分でスイッチを入れるんですな、光はそれほどつよくありませんがね、あれなら夜、坂道を走るときに車輪にかかる抵抗がなくて楽にペダルがこげるし、電池があるかぎり、速度に関係なく一定の光で闇《やみ》を照らせるんです、ただ持つと重いし、よく壊れる。だから反対しました、発電機のほうがいいってね、いまになって思うんです、あれをつけてあげてれば、暴風雨のなかで自転車を引いてもとりあえず明かりがあって、誰かが気づいたかもしれない、危ないから帰れと言ってくれたかもしれないって……。

聞きながら、絹代さんは梁《はり》にかかっている灯油ランプを眺め、どれかひとつを由に持たせてやりたい、いまからでも持たせてやりたいと、ふいに溢《あふ》れる涙を抑え切れなかった。いやあ、つまらんことを申してと冨田さんも涙声になったが、陽平さんは、そうでしたか、いや、そうでしたか、とつぶやいただけで、それ以上はなにも言わなかった。涙も流さなかった。絹代さんが知るかぎり、陽平さんが涙を見せたのは、一日じゅう雨のなかを探しまわっても由が見つからず、力つきて戻ってきたときだけだ。葬儀のときも、その後いつのまにか五度を数えた法事のときも、危なくなると少し顎《あご》をあげ気味にするだけで激しく取り乱すことのなかった陽平さんの背中は、はじめて会った日のように、いつもさみしく伸びていた。子どもらは喜ぶよ。ぜんぶと言わず、ひとつ、ふたつ。たとえば、の話だがね。そんな言葉を聞いたとたん、彼女は思いがけずはっきりした口調で、灯しましょう、と応えていた。

「火を灯しましょう、いま」

「おい、おい、やけになることはないよ」

「庭でなら、大丈夫でしょ？」

「本気なのかね。だったら明日、子どもたちが来てからでも、いいじゃないか」

「いますぐがいいの。お願い、手伝って」

絹代さんは着替えもそこそこに、納屋《なや》から脚立《きゃたつ》と常備してある赤い灯油タンクを運び出し、ひとつずつランプをはずすと、陽平さんをうながして灯油を入れてから、それを庭先にならべた。ぜんぶで四十以上あった。

「これにみんな火を灯して、権現山から眺めましょうよ」

「いつもと、言うことが、逆だな。火事になったら、どうする」

「火が移りそうなものは、庭にはないわよ。様子がおかしければ、走っておりてくればいいじゃないの。むかし陸上で鳴らしたって人は誰？」

しばらく黙ったあと、わかった、と陽平さんは絹代さんのほうを見ないで言い、でも、権現山に、のぼるんならね、夏だからって、なにか羽織って来ないと、冷えるよ、とつぶやいた。

「平気。あそこまで登れば、息も切れるし、身体もあったまるわよ」

「そうか……それなら、いいがね……でも、ぼくは、ちょっと、寒いな」

驚いて、絹代さんは陽平さんの横顔をまじまじと見つめた。この十年、風邪ひとつひかない人だったのに、なんだか先割れした筆みたいに頭髪の抜けた頭がふらふらしている。どうしたの、大丈夫？　声をかけながら絹代さんがその干からびた狭い額にてのひらをあてると、まだ灯してもいないランプの火にほてりでもしたのか、薄墨を掃いたような汗がじっとりと浮き出ていた。

レンガを積む

「ちょっと持ちあげて壁から離してやると、低音が締まるんですけれどね。すっきりするんですよ、もごもごした音にならない」

へえ、低音ねえ、と隣で履物店を営んでいる安西さんが、いつものように腰に両手をあてたかっこうでしきりに感心してみせる。

「ほんとうは鋳鉄かなんかの、どっしりしたマニア向けのやつがいいんでしょうけど、むかしの同業者でこういうのを気にしてたやつらは、スピーカーの下に穴のあいたコンクリート・ブロックなんかを敷いてましたよ、スプレーで派手な色づけしたりして。いまでもいるだろうな。ぼくはまあ、大仰にならない、ほどほどの装置が好きだってこともあるし、底を傷つけるといやだから試したことはないんですが。

それに、うちの雰囲気にはあいませんからね」

「壊れてるわけじゃないんだろ？」

「ええ」

「あんたのとこのステレオは長山時代からあるもんだし、もういいかげんガタが来てもいいはずなのにさ、鳴るだけで立派なもんだよ」

「それはそうですけれどね」

蓮根さんが低音のだぶつきをなんとかしようとしているのは、店裏の一室でなかば寝たきりの母親の神経にさわらないよう、どうしても音を絞らなければならないからだった。小音量では低音が出にくくなる。それを是正する回路をそなえた機器はいくらでもあるのだが、蓮根音楽堂が使っている時代がかった家具調ステレオの内蔵アンプにそのような機能はなかったし、大きなスピーカーの配置を変えるのは困難だったので、接地面を浮かせることくらいしか方策は思いつかなかったのである。しかもこれはみずから吟味してあつらえたシステムではなく、二十年ほどまえに勤めていた東京のレコード店を辞めてこの店を居抜きで買い取ったときに、もうながく活躍していたものだった。

かつてはどんな家にもあったのに、当時ですら稀少品《きしょうひん》になりつつあった木製サイドボードのようなその三幅対のステレオ装置は、フロントグリルに菱形《ひしがた》の格子《こうし》細工をほどこしたスピーカーと、高さも幅もそれにぴたりとあわせた本体からなり、見た目はずいぶん鈍重だが、スイッチひとつでレコードの端に移動して針を静かに下ろし、演奏が終わるともとに戻る全自動のトーンアームを装備したターンテーブル、二バンドのレシーバー、そしてレコード棚までついているというなかなか贅沢《ぜいたく》な構造だった。大切に使われていたらしく木目に疵《きず》はほとんどないし、また最新機種の音に慣れてしまった蓮根さんのような者の耳にはひさしく聴いたことのないあたたかな音色で、それがわずか十畳ほどの店の空気をじつにまろやかに包んでいた。レコードを数枚試聴しただけで、残されていたシステムをそのまま生かそうと思ったのは、そのときの印象がつよかったからである。すでに生産中止になっているモデルだったが、納入した電器店がおなじ商店街にあり、それを運んできた店主の吉田さんの倉庫に動かなくなった中古の同一機種が眠っていると聞いて部品取りのために譲ってもらい、ビニールに包んで押入れに保管した。

とはいえ、針の交換とまだ入手可能な真空管の付け替え以外は故障らしい故障もない、いたって頑丈なつくりだったので、もう一台のほうは手つかずのままだ。吉田の親父《おやじ》さんもいまや七十なかばを過ぎて、端から端まで五十メートルほどしかない商店街でたったひとつの電器店を守る最長老となり、狭苦しい天井裏にすべりこんで配線をいじるような仕事はさすがに無理だが、エアコンの取りつけくらいならまだまだできると豪語してみなを煙に巻いている。このあたりは土地が高いせいか夏場も湿度がわりあい低く、空調なしで過ごすことができるため、クーラーの需要などたいしてなかった。いや、ありはしたけれどそれは駅前にできた大手スーパーに入っているチェーン店の役目になって、要するに老舗《しにせ》の電器店は暇を持てあましていたのだ。

蓮根さんは、数キロ離れた雪沼の山に近い隣の市の出身なので、ここ権現山のあたりにはあまりなじみがなかったが、あのころはまだ市立図書館や市民会館が尾名川の南側の旧《ふる》い建物に入っていたし、駐車場完備の、当時最大のスーパーも北側へ移転するまえだったため、駅から離れていても人の流れが絶えず、商店街にも活気があった。市営住宅でひとり暮らしをしていた母親のぐあいが悪くなって休みのたびに帰省する生活が一年ほどつづいたあるとき、スキーを通じて親しくなった雪沼の木槌旅館の主人から、権現山の「あっち側」の商店街でレコード屋をやっている知人が急に店をたたむことになったのだが、いろんな思い出のある、自分にとっては大切な店だから、できればそっくりそのまま誰かに譲って残したいだなんて夢みたいなことを言っている、まさかとは思うけれども、同業でしかも近隣の出身だし、興味はないかと思ってね、その気があるなら東京へ帰るまえに、ちょっと見て行きませんか、と誘われたのだ。ゲレンデから戻ったばかりで帰りの電車の時間も迫っていたのだが、レコード店を居抜きでなんて話はついぞ聞いたためしがなかったし、自分の店を持つのはながいあいだの夢でもあったので、参考までにと連れて行ってもらったのである。

権現南商店街のちょうどなかほど、雨よけになる半透明のアーケードがいったん途切れた公道との交差点に位置するその長山レコード店の構えを外からひと目みて蓮根さんは唸《うな》った。アーケードは吉田電器の親父さんが音頭《おんど》をとって十年まえにできた比較的あたらしいものだが、商店街のなかでここだけが三軒つづきの二階建て長屋になっており、正面のつくりはもとより、店裏の住居もぜんぶ隣の履物店やお茶屋と同一だったからである。下駄《げた》や焙《ほう》じ茶とならんで違和感のないレコード屋なんて、これまで想像したこともなかったのだ。考えてみれば、蓮根さんが食費を切りつめてまでレコードを買うようになったのは東京に出てからのことだったし、仕事のあれこれを学んだ都会の大型店はみな明るいガラス張りで、蛍光灯とスチールの丈夫な棚で構成されたそれらの店舗とこの長山さんの店には天と地の差があった。左右対称にもうけられた出入り口は引き戸で、秋冬の寒い季節以外はいつも開け放しにしてあるらしい。そのふたつの戸のあいだが違い棚のある木枠の飾り窓になっていて、長山さんのところには入荷したばかりの新譜が、安西さんのところには桐《きり》の下駄と女物の草履が、その隣の西島茶園には茶器つきの贈答セットが、黄ばんだ脱脂綿を敷物がわりにしてお世辞にも美しいとはいえないやり方でならべてある。なにより勤務している大型店で長年聴き慣れているオーディオ装置とはまったくべつの次元で生き生きした音を出している家具調ステレオに触れて、驚きは倍加した。こいつは安易な懐古趣味ではないな、と蓮根さんは直感したのだ。必要とされる音を過不足なく鳴らし、しかもそれが店の空気とみごとに調和している。オーディオ専門店がやるような正しいセッティングはしていないのに、ここでしか出せない、つまり長山さんの音になっていた。

むかしふうの長屋だから天井が低く、それも蓮根さんの心にとまったことのひとつだった。たとえばの話、ここなら脚立《きゃたつ》を使わなくても、食卓の椅子《いす》を持ち出せば天井灯の電球を簡単に取り替えられる。壁に据えつけられたカセットテープ棚の整理にも、レコード針が入っているガラスケースのまわりの掃除にも苦労しない。長山さんはそのとき七十歳を超えていただろうか、立ちあがってふたりを迎えてくれたときの背丈が蓮根さんとほとんど変わらなかったことも、大きな親近感を抱かせる要因だった。ぼくとおなじくらい小柄な人のレコード屋か。ずっと探していたものが、とつぜん目のまえにあらわれたような不思議な感懐に打たれたのを、蓮根さんはよく覚えている。やもめ暮らしがつづいて、体力、気力とも衰える一方だったところを、赴任先の福岡に骨を埋めるつもりで家を新築した長男夫婦から、冬の厳しい権現を離れて温暖な九州に移ったほうが健康にもいいと同居をつよく勧められ、迷いに迷ったあげくついに決心を固めたとのことで、木槌さんは、ね、いまどきめずらしい孝行息子でしょう、いい話ですよ、こういう息子を育てた人の店を取り壊すのはやっぱり惜しいですからな、と蓮根さんの顔色の変化を敏感につかんで語りかける。死んだ女房が大事にしてた着物と特別に愛着のあるレコード以外はぜんぶここに置いていくつもりなんです、贅沢を言わないひとならすぐに生活できますよ、と長山さんは笑った。

＊

「そうだ、ブロックなら文三郎んとこで売ってるはずだな。いくつ必要なの？　四つ四つで、八つか。そのくらいなら、ただでくれるよ。あたしが頼んであげようか？」

「いや、まだそうと決めたわけじゃありませんし」と蓮根さんは退《ひ》き気味になる。家具調ステレオは本体とスピーカーの高さをそろえてこそ美しい。本気でそれを崩すつもりなら、台座の色やかたちも考慮しておく必要がある。長山さんは、そういう見た目にもひどく敏感な人だった。店の内装はこのステレオセットを中心にしつらえたようなものだからである。そして、蓮根さんもまた、細部に気をつかうほうだった。

「試すだけ試せばいいじゃないの。だめなら返せばいいんだから」

「そういうことなら、ちゃんとお代は払うと言ってください」

文三郎さんは、何年かまえに土砂崩れがあってガードレールがもぎとられた、雪沼のほうへ折れていく尾名川沿いの県道にある園芸品店の社長で、安西さんとは小学生時代からのつきあいだ。月に二、三度、この近辺へ庭木の搬入や手入れに来たあと立ち寄って安西さんと大声で話をしていく。会えばたちまち数十年まえの悪ガキどうしに舞い戻って、酔っているわけでもないのにひどい言葉でたがいの欠点をつつきあう。それがいつもおなじ冗談なのが、彼らよりひとまわり年下で、しかもここでは外様《とざま》の蓮根さんにはひたすらおかしく、またうらやましかった。

恭一はさ、おれの三倍も馬鹿《ばか》だったから、頭のほうではいつも世話してやってたんだよ、運動もだめ、勉強もだめ、人あたりがいいから先生には気に入られて、それで成績は下駄を履かせてもらってたのよ、ひどい話だろ、下駄屋のせがれのくせにさ、下駄屋は人に履かせるのが仕事なんだ、履かせてもらったって一文の得にもならんだろ、と文三郎さんが言えば、恭一と呼ばれた安西さんはすかさず蓮根さんにむかって、文三郎んとこは親父の代から一帯の小中学校の木の手入れをしてるんだけどね、その親父が年になんべんか授業中に剪定《せんてい》に来るんだよ、でっかいはさみをカニみたいにちゃきちゃきやってさ、みんな文三郎の親父だって知ってるから、おい、おまえも手伝ってやれよって冷やかすんだ、そうするとこいつ胸張って、ぼくは盆栽だ、って応《こた》えるんだよ、みんな腹をかかえて、笑った笑った、自分の口から凡才だなんて言わなくてもわかってるのになあ、と言葉を返すのである。

文三郎さんの父親は細くて背も高かったので、剪定ばさみを腰にぶら下げて木にへばりついていると尺取り虫みたいに見え、そっくりな体つきの文三郎さんはそのことでもよくからかわれた。文三郎さん自身は、知識は豊富でも高所恐怖症のため剪定には不向きとわかり、少年たちのあいだで畸人《きじん》扱いされていた趣味の盆栽の道をそれなりにきわめて、跡を継いだ商売の重点はそちらに置き、高い木々の世話は若い衆に頼むようになった。レンちゃんみたいな五尺足らずのチビ助だったらちょこちょこ木のぼりもできたろうに、文三郎ときたら幹を抱っこしたまま十センチものぼれないんだからな。

はじめて文三郎さんを紹介してくれた日、隣人になってまだ半月足らずなのに安西さんはレンちゃんだのチビ助だのと親しげな話し方をして蓮根さんをびっくりさせた。たしかに蓮根はレンコンだし、一八〇センチを超える大男の文三郎さんとならんだ一五〇センチに満たない蓮根さんはチビ助としか言いようがなかったのだが、その安西さんの口調があんまり自然なものだからまるで同級生として扱われているようなのである。蓮根さんが店主の寄り合いで商店街の一員として正式に認められたあと、よし、お祝いにうちの下駄をあげよう、桐の下駄はキリがいいってね、人生のきりをつけるにはこいつがいいんだと勝手に話をすすめ、ちょっと足を見せないよ、悪いけど靴下脱いで、と蓮根さんの素足に一瞥《いちべつ》をくれ、おい、こりゃあ七寸だな、長さんとおんなじ、子ども用だよ、と太い声で嬉《うれ》しそうに笑い、ふだんならそういう台詞《せりふ》には過度に反応して落ち込む蓮根さんを笑わせてくれたものだ。その後もどれだけこの雪だるまみたいな顔の安西さんに慰められ、叱《しか》られ、励まされたことか。ただ、安西さんはなにかにつけてせっかちだった。相手の返事を待たずにどんどん話を進めるのが悪い癖だ。気がつくと、もう電話をかけていた。

「そうよ、レンちゃんが八つばかり欲しいって言うんだ、スピーカーの下に敷くんだってよ。え？　レンガ？　わかんないよ俺には、ちょっと待ってくれ」

安西さんはなすがままの蓮根さんに向きなおり、黒電話の受話器をわたした。しわがれてはいるけれど、安西さんよりもやや高い文三郎さんの声が聞こえてくる。

「いま恭一にきいたんだが、ほんとにブロックでいいんだろうな？　レンガもあるぞ。こないだうちに来た客が、やっぱりスピーカーの台にするって、たくさん買ってったんだが」

なるほどその手があったか、と蓮根さんは不意をつかれた。レンガなら木目調に合うだろうし、スプレーで塗ったりする手間もはぶける。子どものころ好きだった『三匹のこぶた』でだって、レンガ造りの家がいちばん丈夫だったではないか、と余計なことまで思い出した。音は、あとから詰めていけばいい。

「じゃあ、夕方にでも、レンガのほうをちょうだいしに行きます」

「いや、これからそっちに出る用事があるから、運んでやるよ。多めに積んでくから」

約束どおり、その日のうちに文三郎さんは三十個ものレンガをトラックで運んできてくれた。なんでも、電話で話の出た例の客がそれだけの数を買っていったのだという。代金をどうしても受け取ってくれないので、かわりにだぶついていた演歌歌手のミュージックカセットを進呈した。配送のトラックには、カセットデッキしか搭載されていないからである。

蓮根さんが東京での学生時代にアルバイトをしていたレコード店は、これといった専門のないオールラウンドの品揃《しなぞろ》えで、駅前ビルの一階という立地もあって客層もひろく、売る側にも幅ひろい知識と自分の趣味を押しつけない公正な耳が求められた。もちろん店員それぞれに得意分野はあるのだが、表立ってそれを出すことは上からの命令で禁じられていたのである。どんな人にもへだてのない姿勢で接し、一枚でも多くのレコードを売る。それが都内にふたつの支店を有するその店の、創業当時からかわらない社訓だった。そうなると、目当ての品があってやってきた客はもちろん、暇つぶしに入っただけの人々にも、たとえばそのとき流していた曲の入ったレコードをついでに買わせてしまう能力があるかないかで成績が大きく変わってくる。正社員のあいだではしぜんと静かなつばぜりあいが生まれたが、アルバイト社員はそのぶん気が楽だった。働く曜日と時間帯が決まっているから、雨の日、雪の日といった天候による集客のちがいはあってもだいたい客層は似通っていたし、言葉は交わさなくとも常連の顔はたいてい覚えてしまう。

三店舗あわせて十人ほどの学生アルバイトのなかでも、蓮根さんの売り上げは、平日であるにもかかわらず群を抜いていた。客たちが棚を漁《あさ》るときの手つきや背中の曲がりぐあい、顎《あご》のシルエットなどもほぼ記憶していて、さまざまな印象を総合したうえで、入荷したばかりの新譜だけでなく在庫のなかからそのときの天候や体調や気分に合いそうな曲をさりげなくかける。ジャズ、クラシック、演歌、歌謡曲、フォーク、シャンソン、なんでもござれだった。むろんはずれることも多かったが、ぴたりと一致したときの反応を見るのは、他にかえがたい喜びだった。ラベルとジャケットを読んでいく目の動きと音楽をとらえる耳の動きがわずかにずれて、というか耳がぴくりと反応して指先にリズムが生まれ、頰の筋肉がゆるんでくる。あ、当たったかなと思った瞬間、客が顔をあげて、レジのほうにちらりと目をやる。現在演奏中のレコードのジャケットが見えるようそこに立てかけておくからだ。いくらかでも自尊心のある者はそこでジャケットを盗み見し、最初から欲しかったようなふりをしてそれをさっと抜き出す。ごくごく一般的な中年以上の客は、目当ての盤を買うついでに、さっきかかっていた曲はなんですかとたずねたり、もう一度かけて欲しいと頼んだりする。蓮根さんは嫌がるどころか、お気に召しましたかと笑みを浮かべ、ふたたびその曲をかけ、それもくださいという展開になったら、では、あたらしいものをお持ちしましょうと言って手を触れていない盤を持ってくるのだ。ひょっとして、俺は人をこんなふうに観察するのが好きなのかな、そういう領域に生きていくうえでの鉱脈があるのかな、と考えたこともあるくらい、若い蓮根さんの目は貪欲《どんよく》だった。

蓮根さんには、もうひとつの貢献があった。これは友人が働いているジャズ喫茶に出入りしているうち浮かんだアイデアなのだが、それまでレジのあるカウンターの内側のラックにまとめてあった店内演奏用のオーディオ機器を、お客さんがそれとなくのぞき込めるよう、通りに面した大ガラスの側にある低い飾り棚のほうに移し、高さをそろえて横置きにしたのである。こうすればレコードを大切に扱っている店員の手つきが、外からもなかからもはっきりわかる。やがてその筋にくわしい知人の意見を参考にして、デザインと音がうまく釣り合い、しかもそれほど高価ではない機器の導入を店長に直訴し、日ごろの勤務態度が奏功して実現にこぎつけた。スピーカーは壁面設置だから、友人が口をすっぱくして忠告してくれたセッティングの細工はできなかったものの、真空管アンプの淡い光を中心にしたカウンターまわりは年輩客に好評だったばかりでなく若い女性客の目をも惹《ひ》きつけ、日ごろはあまりアルバイト学生を褒めたことのないベテラン店員ですら感謝したほど雰囲気を変えてしまった。なにをかけてもよく鳴るわけではなく、曲によっては音がこもりがちになったり、にごったりしたけれど、そういう欠点は機器そのものの魅力にかき消された。レジでの対話が増え、入り口のわきにそろえてあるレコードクリーナーなどのアクセサリーの売れ行きも好調になった。はっきりした成果が出たためこの方式は支店でも採用され、まともな音を聴かせるレコード店として雑誌に取りあげられたり、その立て役者として蓮根さんの顔写真が紹介されたりしたものだから、本人にその気はなくとも当時はちょっとしたスター扱いで、大学を無事卒業できたあかつきにはぜひ正社員にとはやくから内定までもらっていた。学業のほうもぱっとせず、就職浪人を覚悟していた蓮根さんにとっては、まさしく渡りに船だった。

しかし就職難を覚悟していたのは、履歴に華がなかったからだけではない。ひとまえでそうと口に出したことはなかったが、蓮根さんは少年時代からずっと、背の低いのを気に病んでいたのである。ものごころつくまえに死んだ父親は一七〇センチ前後あったと聞いていたのに、小学校の高学年になってもいっこうに大きくならず、不安にかられた蓮根さんは、母親に頼んで県道沿いの病院に行き、そこの内科医の紹介でさらに大学病院の専門医の診察をあおいだ。友人たちにチビ、チビと馬鹿にされるのが、どうしても我慢ならなかったのだ。しかし医者はとくべつな病気ではないと断言し、成長のリズムはお子さんによって千差万別です、平均値は平均値と片づけてあまり気にかけず、ゆったりかまえてあげてくださいと母親に言い、それから蓮根さんのほうをじっと見て、きみはまだ小学校六年生だ、声変わりだってしばらく先の話だし、なんの心配もいらないよ、中学、高校に入ってとつぜん伸びてくる子のほうが多いくらいなんだからと励ましてくれたのだが、結果からいえば、その言葉はたんなるなぐさめに終わった。たぶん小づくりの母親のほうに似たのだろう、最後に測ったのは大学を卒業するまぎわで、身長の測定があるというだけの理由で拒否しつづけていた健康診断が、就職のためにどうしても必要とわかって、しぶしぶ出かけたときのことだから、もう三十年まえになる。身長一四六・八センチ、体重三十八キロ。いまの子どもなら小学五年生程度の貧相な身体《からだ》つきだ。背広だってこのサイズの既製品を探すのは容易でないし、たいていは特注になる。背広着用が義務づけられている会社への就職は、この点からしても厳しかった。学生時代にレコード店のカウンターを工夫してオーディオ機器を低めの棚にならべたのも、じつは売りあげのためばかりではなく、無駄と知りつつ、背の低い自分を少しでも大きく見せる狙《ねら》いがあったのである。

かつて同様の思惑《おもわく》で打ち込んでいたのが、郷里に近い、雪沼という落ち着いたゲレンデがある町営スキー場で仕込まれてきたスキーだった。蓮根さんが通っていた野火ヶ谷の小中学校では、冬季の体育科目にかならず数日間のスキー合宿が組まれており、教科担任のほか同郷のインストラクターについて基礎からしっかりと学ぶことができた。期間がかぎられているので、課外の経験によって力の差が出てくるし、子どもたちがみなこのスポーツを愛するわけでもないから、学年があがりレベルがあがるにつれて実力に応じたグループ編成がおこなわれる。ふだんは豆粒小僧と馬鹿《ばか》にされている身体的な引け目をそれで払拭《ふっしょく》してやろうとひそかな闘志を燃やした蓮根さんは、毎週、市営バスでこつこつ雪沼に通って練習を繰り返し、あいつは風の抵抗が小さいから速いんだと陰口をたたく連中でさえ胸のうちで認めざるをえないほど滑らかな膝《ひざ》の使い方と、転倒をおそれぬ勇気をものにしていった。じっさい、まあたらしい雪を蹴散《けち》らして上級者用の斜面を鋭く攻めてくるときの蓮根少年の姿は、ふだんの二倍にも三倍にも大きく映ったのである。

ところが悲しいかな、高校にあがると正規のスキー部があった。そこでは身体が大きくておまけに関節のやわらかい、いかにもスキーにふさわしい体型をした実力者が何人もいて、蓮根さんの自尊心をたちまちくじいた。ゲレンデを利用した見立ての魔術はもろくも効力を失い、同レベルでも上背のあるほうが観客には豪快に映るという、過酷だが厳然たる事実を蓮根さんは理解し、自分の身体とようやく本気で向き合う決心がついた。大学に入って生活のためにはじめたアルバイトが思いがけず評価され、あまつさえ同世代の人間に先んじて内定にさせてもらえないかと店長から念書まで出してもらったときには、だから天にものぼる心地だったのである。

それでも、私生活では上背のないのを意識して、どうしても弱気になった。暗い性格ではないのになにをやってもうまく運ばず、女ともだちともながつづきしなかった。いきおい仕事場だけが救いになって、そこではしぜんと力が入るようになる。正社員になってからも客の気持ちを読む勘は冴《さ》え、またそれなりの勉強もしていたので、ごく標準的な大型レコード店で求められる知識にかけては誰にも負けないとの自信も芽生えた。上からも期待されていたし、またここにいるかぎり背の低さはかえって客に覚えられやすいという長所になりうるともわかってさらに努力を惜しまず、三十代なかばで支店を任されたあとはことさら精力的に働いて、誰にも文句を言わせないだけの成績を残した。

歯車が狂いはじめたのは、コンパクト・ディスクなる新手の音盤ができるらしいとの噂《うわさ》が耳に入り、やがてそれが実現するとわかったころからだ。まず母親が肝臓をやられて倒れ、それが回復したあとリューマチに悩まされるようになって、食事の支度もままならなくなってきた。ひとり息子でおまけに独身だから、一日でも休みがとれると、面倒をみるために急いで帰省するようになり、疲れが抜けなくなった。新方式の音源については、それでも販売店向けの説明会などに出て理解を深め、試作機の音を聴いたときには、アルバイト時代から店の看板がわりに使っている真空管アンプとの組み合わせもいけるのではないかと期待すら抱いた。細心の注意を払って盤面の静電気と埃《ほこり》を取りのぞく手間がなくなるばかりか、曲の頭出しや反復演奏も自由自在らしい。まさしく夢のような世界だった。しかし、その夢が現実のものとなるまであと一年もないとの情報が流れたあたりから、客の好みが予想できなくなってきたのである。若手に負けないくらい店には詰めているのに、この人ならこの曲に顔をあげるはずだと、以前なら感覚でなしえた読みが当たらなくなり、あたらしい音楽の傾向にもついていけず、すべてのジャンルを均等に愛せよとの社訓が苦痛にすらなってきた。気がめいり、鬱々《うつうつ》と日々を過ごして、無断ではないものの、仕事をよく休むようになった。木槌さんから長山レコード店の話を聞いたのは、ちょうどそんなときだった。

東京へ戻っても、床がぎしぎしいう板敷きのレコード店のことが頭から離れなかった。調整された店の音楽が、なにか華美で抜けのいい電子音のように響いた。遠からず、もっと身近で母親の世話をしてやらなければならない日が来るだろう。しかし東京に出てこいといくら言ってもあたしはここで死ぬと拒むばかりで埒《らち》が明かないし、もう、こちらのほうが田舎へ帰るしかないのかもしれない。権現なら野火ヶ谷からも遠くないし、二間の市営住宅暮らしを考えれば、あの長屋のほうがまだましだ。動けない母親は一階、自分が二階。結婚はもうとうにあきらめてしまったので、いずれにせよいっしょに住んだほうがなにかとつごうがいい。

決断は、はやかった。目をかけてくれていた上司に頭を下げ、ここしばらくの不調にもかかわらず本店勤務を確約しよう、昇給も考えさせてほしいとのひきとめの言葉をありがたく聞き流して、とうとうふるさとから近くて遠い未知の町に居をかまえたのである。その直後に例のコンパクト・ディスクが発売され、数年後にアナログは完全に淘汰《とうた》されて、元長山レコード店あらため蓮根音楽堂の品揃えも、新方式中心から新方式のみへと移行していった。ただし商品は冷たいスチールの専用棚ではなく、レコード時代の棚や箱にそのまま横積みでならべて、古びた木の匂《にお》いを守った。処分しないで残したレコードをどんどん演奏し、コンパクト・ディスクのほうは、吉田の親父《おやじ》さんに頼んでこれまでの装置に組み込んでもらった補助入力端子を通して流した。えらく背の低い店主が使っている骨董《こっとう》じみたステレオ再生装置をおもしろがって立ち寄ってくれる常連客もでき、皮肉なことに以前よりも売りあげは安定してきた。真空管と能率の悪いスピーカーを通したデジタルの音は適度にまろやかになり、耳が疲れるようなこともない。音が出さえすればいいなんて、やっぱりおかしい、と蓮根さんは思うのだった。ただ音楽を流しているだけでは足りない、こちらに聞かせたい気持ちがあって、音をこまかく調整していったからこそ、お客さんは戻ってきてくれたんだ、この店で聴いた音を自分の家でも聴きたい、そう思ってくれるはずだ、と。

*

傷つけないよう床に雑巾《ぞうきん》を敷き、左右のスピーカーを滑らせながら壁面から離す。

音色と同時にレイアウトを考慮しなければならないから、レンガは最大でも横置きで二段までしか組めない。それ以上積むと、上に渡してある棚板にぶつかって収まらなくなり、棚板よりまえに出せば通路がふさがってしまう。なかなか面倒な作業になった。音量をふだんより絞り、いろんなジャンルの音楽をかけながら積み方をあれこれ変えて音の変化をたしかめていく。お客さんは商品を選びながら店内の音楽を立って聴いている。常連は高校生以上だから、身長の平均は自分より高い。蓮根さんは、店の何カ所かに、あまったレンガで二段、三段、四段と踏み台をつくり、順繰りに立って響きを確かめ、それから母親の寝ている部屋に行って、低音の伝わりぐあいをチェックした。本人にも感想を聞き、だめが出るとまた最初からやりなおした。繰り返すうち、だいたいのポイントが定まってくる。アルバイト先の機器を一新した学生時代の、あのかがやかしい日々がよみがえって、蓮根さんの胸は思いもかけず熱くなってきた。

ところが、これでひとまず大丈夫、という組み方でスピーカーを戻し、発育の悪い雀《すずめ》みたいにひょろひょろしながらのぼり下りしていた踏み台のレンガを片づけようとして開け放したドアの外にふと目をやると、安西さんが腕を組んで、ものめずらしそうにこちらを見ているではないか。不世出とうたわれたあの演歌の歌い手が大好きな安西さんは、なにかと言えばそれをかけてくれと言い、あとは浪曲一筋で通している。そうだ、こういうときこそ、ちがう種類の音楽に引き寄せてやりたい。自分の趣味とはかけ離れているのに、おや、と感じるような曲だ。なにがいいだろう？ ふたたびちゅんちゅんと台から台へ飛び移る雀となった蓮根さんは、しばらく考えた末に、かかっていたシューマンの交響曲を止め、店の奥のレコード棚からフィッシャー＝ディースカウの歌う「美しき水車小屋の娘」を取りだし、家具調ステレオのターンテーブルに載せて、重いノブ式のスイッチを三十三回転の目盛りのほうへがちゃりとひねった。トーンアームがあがり、レコードの縁にむかって移動すると、リード部分の沈黙の帯にゆっくり針が降りていく。伴奏の抜けがいい。案じていた低域もしゃきっとして、明るいバリトンが響く。十数秒後、そろそろかと視線を移すと、安西さんが口をすぼめた思案顔のまま、でもひどく心を打たれた乙女のように頰を赤らめて、レジの横に立てかけたジャケットのほうにちらりと目をやるのが見えた。

ピラニア

ほんとうに厳しい時期にさしかかってるんですよ、と相良《さがら》さんはこのところ渋い口調で繰り返すようになっていた。助けてもらってばかりの安田さんには、なんの役にも立てないのがひどくもどかしい。借金はあらかた返済したとはいえ、貯金の額はあまりにも小さかった。通帳にはお年寄りが年金を切りつめて貯《た》めた程度の額しか残っていないのだ。これでは預かっているほうも運用する気にすらなれないだろう。冗談まじりにそう言ってみたら、お年寄りのへそくりのほうがまだましですよ、とビールを一本飲みほして鼻のまわりにじっとり汗をかいている相良さんが笑った。きついなあ、と応じた安田さんのとなりに、カウンターからは陰になって見えない階段わきの小さな空間で野菜の下ごしらえをしていた妻の聡子さんが顔を出して、あら、と声をあげた。

「相良さん、シャツに染《し》みがついてるわよ」

つられて正面に坐《すわ》っている相良さんに目を落とすと、背広を脱いでネクタイもゆるめたワイシャツのボタンに沿って縦に一列、点々と染みが連なっている。こぼしたのではなく、液体がはねてできたあとのようだ。

「ずいぶん派手にやっちゃったのねえ。お昼にお蕎麦《そば》かなんか食べたんでしょ」

「当たらずといえども、遠からずですね」

「やっぱり。でも、麺《めん》は嫌いじゃなかったの?」

五目麺と中華丼《どん》は具も味も親戚《しんせき》みたいなものよといくらすすめても麺を食べてくれない相良さんにちくりとやって、聡子さんは芝居がかったしぐさで熱いおしぼりを渡した。最後のひと口をステンレスのスプーンで無事に食べ終えた相良さんは、いやどうもと頭を下げてそのあたらしいおしぼりを受け取り、いきなりそれで顔の汗を拭《ぬぐ》ったりはせず染みのまわりを湿らせるようにゆっくり丁寧に押しつけたが、時間が経《た》っているせいか丸模様が淡くなるだけでかえって薄くひろがったようにも見える。どうやらクリーニングに出すしかなさそうだった。

しかし相良さんてのはおかしな人だ、と安田さんは自分のことを棚にあげて思う。人差し指を真ん中にいれておしぼりの先をとがらせ、真剣な表情で染みをつついているその格好は、のみ取りをしているオランウータンそっくりで、笑い出しそうになるのを必死にこらえた。髪はきちんと七三に分けて油でととのえ、ベース形の顔の下半分がいつも髭《ひげ》のそりたてのように青光りしている相良さんは、おちょぼ口というのだろうか、顔に比して口もとが異様に小さく、だから口腔《こうこう》にもあまり余裕がないらしくて、底が真っ平らの角ばったレンゲではあちこちにぶつかって、うまく食べられないのだという。好物の中華丼の、片栗粉《かたくりこ》でとろみのついた米粒が底面と側面のまじわる隅っこにへばりつくと、頬の内側でそれをこそげとるには筋肉が足りず、いったん口から出して上唇で吸うようにしてやらなければきれいに片づかない。まして麺などは勢いをつけて無理に吸いあげるので、ラーメン一杯でこめかみや首筋が痛くなるありさまだ。中華丼しか注文しないのはそういう不都合もあったからだが、啜《すす》っているときの口のすぼめ方が茶巾《ちゃきん》みたいになるのも辛《つら》かった。レンゲじゃなくて、スプーンをください、と頼むのが安田さんにははじめ不思議でならず、理由を問うてみると、そんな話をしてくれたのだ。逆に、スプーンはスプーンで、料理の熱が移って舌を火傷《やけど》しそうになる。だからまだ冷めていないうちは箸《はし》をつかい、器の底にたまった米粒をレンゲではなくスプーンですくい取るという手間をかけた。

その甲斐《かい》あって、いまではがらがらと引き戸を開けて店に入ってきた瞬間に安田さんはお決まりの品をつくりはじめ、黙ってスプーンと箸を出す。これじゃあストローなしで牛乳が飲めない幼稚園児とおなじだって、うちのやつは馬鹿《ばか》にするんですよ、たしかにそのとおりなんですが、人目を気にせず幼稚園児になれるのはここだけですからね、と相良さんは恥ずかしそうにしている。でも、麵を避けている人がワイシャツにこんな染みをこしらえるのはおかしい。あきらかに、つゆにひたした麵かなにかがはねてできた模様だ、と聡子さんは見抜いたのだった。

「お店で食べたんじゃありませんよ。だいたい、わたしがつけたんじゃなくて、まあ、ちょっとした災難ですね」

相良さんはこのあたりでいちばん小まわりがきく信用金庫の権現山東支店に勤めていて、安田さんとはもう二十年来のつきあいである。当時、安田さんの店は県立病院の裏手にあって、入り口のうえの真っ赤なビニール張りで中華料理屋だとわかるものの、中身はどこにでもある町の定食屋で、家庭料理に毛のはえたようなメニューしか置いていなかった。えらく中途半端《はんぱ》な料金の定食が主役で、材料はもちろん失礼のない程度に使いまわしていた。餃子《ギョーザ》だけは皮も餡《あん》も自家製だが、汎用《はんよう》のスープストックをととのえるだけで精一杯だからカレーのルーにまでは手がまわらず、恥をしのんで業務用の缶を仕入れていた。深夜まで厨房《ちゅうぼう》に詰めるとか特別に早起きするとか、寸暇を惜しんで働く気概のない自分は料理人として失格ではないかと安田さんはつねづね思っていたし、じつはいまも心の隅でそう考えている。

なにしろ不器用なのだ。高校の先輩にあたる人の店で修業させてもらっていたときにも、三人いた見習いのなかでいちばん筋が悪かった。看板の餃子づくりから教わったのだが、キャベツを細かく叩《たた》くように刻めず、強力粉と薄力粉の配分が悪いのと練り方にむらがあるのとで生地に腰がなく、麺棒でなんとかのばしてつくった皮に具をいれて包もうとしても、リズムよく指を動かして、端に美しい波を走らせることができない。麺を茹《ゆ》でればぶよぶよしてしまい、湯の切り方も不十分だから、せっかくのスープが濁って味も薄くなる。おまえは手首が硬いんだよ、もっとやわらかく、しなやかに、チャッ、チャッと切れよ、音の切れが鈍かったら味も鈍くなるんだ、愛想ばっかりよくてもだめなんだよ、と何度叱《しか》られてもさまにならなかった。米を炊《た》けば水加減が悪くてべたつくし、ふたつある大型炊飯器を適度に連動させて不足がないようにする客足の読みができないのも致命的だった。それでも安田さんは自棄《やけ》になったりせず、命じられたことを明るくこなした。

厨房にいると邪魔くさいというので、昼夜とも出前要員にまわされたが、私生活でも愛用しているホンダのスーパーカブに出前機をぶらさげて走るのは、調理器具をいじるよりずっと楽しかった。道に迷って麺がのびのびになったり、スープが冷めたり、しっかり張ったはずのラップがなぜかはがれて端から汁が漏れたりする事故はあったけれど、配達人にありがちな空元気が嫌いで、まいどの挨拶《あいさつ》もほどほどの声音に笑顔をまぶして言うのが幸いしたのだろうか、お客さんたちの受けはよく、気軽に話しかけてくれる人の数もずいぶん増えた。県立病院の真んまえの花屋に勤めていた妻と親しくなったのも、相良さんの知遇を得たのも、みな出前でなんども顔を合わせたのがきっかけだった。

金融関係についてのない安田さんにとって、信金の相良さんとの出会いは幸運というほかなかった。病院裏を離れていまの住居兼店舗に移ったときも、改装工事をしたときも、不安定な状況がかならずしも否定的な要素にならない解釈のしかたで、保証人だって安田さんでさえあきれるほどぐうたらな友人の三文判でさっさと書類を作成し、十分な金を融通してくれたのが相良さんだった。金貸しだから数字が第一だし、なにかあったら責任を取らなきゃなりませんが、でも信用金庫っていうからには信用商売ですから、とあのころの相良さんはそれがあたりまえみたいな顔をしていた。ところが一時の狂騒を経て、大手ほどではないにせよ金融業じたいの信用が危うくなってからは貸すどころの騒ぎではなく、むしろ取り立てをあおられているらしい。そんな流れに抗するように、長年の信用と土地勘を生かして、机にむかっていればいい地位にありながら営業を後輩にはまかせず、自分の足で地道に動きまわっているのだった。

その日は朝方からあまり身体《からだ》の自由がきかないお年寄りを訪ねて月々の積み立て金を預かっていたのだが、七十八歳になるやもめ暮らしの老人宅へ寄って世間話をしているとき、ちょうど昼になった。気さくな相良さんの来宅を心待ちにしている老人は、ひきとめたい一心で、娘夫婦がちょうど手頃なそうめんとつゆを送ってくれたから、昼飯をいっしょに食べていきなさい、と息子にたいするみたいに言う。

麺だけは勘弁してほしいと焦《あせ》りながらもそれを言い出せずにいる相良さんを尻目《しりめ》に、老人はすっくと立ちあがって居間とつづきの台所に行こうとする。誘うというより命ずる、いやじつは懇願しているともとれるその口調に、相良さんは迷った。お金を預かっているときには寄り道をしないですぐ戻るのが鉄則なのだ。しかし訪問先での長居なら寄り道には入らないだろう。麺は大嫌いだが、これも仕事と割り切って、じゃあご馳走《ちそう》になります、とあらためての意思表示をした。老人はすっかり上機嫌になり、そうこなくちゃいかん、あんたはいい人だ、碁会所の連中にもちゃんとお宅を薦めておいたからと頼んでもいないことまでうたいあげ、それにうちの水は井戸水だからなにを料理してもうまい、麺ならなおさらだ、と煮立ちはじめた鍋《なべ》にむかって繰り返した。

しかしその手つきがどうにもあやしいのだった。気を利《き》かせてお手伝いしましょうかと申し出ても、なんのこれしき、とこういう場合に使うべきかどうかよくわからない妙な返事をするばかりで、茹であがった麺を笊《ざる》にあける段になってどうしても不安になった相良さんは、危ないですからわたしがやりますよと、横から手を出して鍋を奪い取った。妻が子どもたちにつくっているときの手順を思い出しながら、井戸水だというわりになまあたたかい蛇口の水で冷やしたところまではよかったのだが、氷水に移そうと冷蔵庫の製氷室をあけてみると、トレーがからっぽだった。どうしましょうか、これじゃ生ぬるいですよ。相良さんがそう言うと、いや、氷は腹をこわすからいらん、と老人は笊を奪い返し、なにしろうちは井戸水なんだからもうじゅうぶんに冷えておると譲らなかった。透明のボウルにたっぷり麵を移して小さなちゃぶ台に運び、それじゃあいただきますと手を合わせ、きりりと冷えた感じのしない麵を湯飲みに注いで薄めたつゆにつけて、これは麵であって麵ではないと言い聞かせながらいかにもうまそうに、勢いよくそのなまぬるい紐《ひも》をずるずると啜った。老人はそれを見て、うまそうに食うねえと満足の様子である。それが割り箸じゃなくてつるつるしたプラスチックでしてね、レンゲをやめてスプーンをなんてわがままは通じませんから、厄介きわまりない状況ですよ、と相良さんはおかわりのビールを飲みながら話しつづけ、ところが、と言ったところで急に黙り込んで、う、とげっぷをした。

胃のなかでぽこっと音がしたあと空気の球が食道を抜けて口蓋《こうがい》に当たる、そこまでの感覚がはたの者にもわかるようなひどく具体的な首の動かし方をするげっぷで、う、の音は赤黒い管のなかにふたたび呑《の》み込まれて舌先に自由を与えるのだった。きりっとした銀行員であるべき相良さんがそういう生理音を出すことにではなく、言葉の運びからなにから言動すべてにその、う、という独特の鈍さと解放感が重なっていることに、安田さんはひどく安堵《あんど》する。相良さんが営業まわりを得意にしているのは、もしかしたら本人のやる気ばかりではなく、接客の際にこの生理音を連発しているからではないか、と失礼な考えがよぎったこともあるくらいだ。ふつうなら不作法と難じられてもおかしくないその音が、なんだかひどく親しみやすい雰囲気をかもし出すのである。はじめて出前の注文を受けて中華丼とカツ丼を届けたとき、受け取りにあらわれたのが電話をしてきた本人で、しかも庶務の係ではなく背広姿の穏やかな男性なのにひどく驚かされた。電話口で、中華丼を三つ、と言うそのさなか、ちゅ、のあとの、う、で止まって、それからぐふっと妙な音が入り、うかどん、うかどん、三つ、と繰り返すその珍妙な息継ぎからして、もっとざっくばらんな格好をしている人だろうと想像していたのである。おくびにも出さないどころか、最初からおくびに出すつきあいだったわけで、安田さんはしだいに、相良さんが胃から空気を出すのを、とりあえずの吉兆と見なすようになった。今晩はめずらしく出てこないなと思っていた矢先に聞こえてきた、ありがたい音だった。

ところが、むこうは食べるのが遅いんですよ、と相良さんは胃のあたりに手をあてて横にさすりながらつづけた。入れ歯もしていない、ところどころ抜けた歯で、ちゅる、ちゅる、と吸う。娘が縦笛でやってるスタッカートってやつですな、肺も頬も衰えてるんでしょうね、死んだ親父《おやじ》もそうだったんですが、なんかこう吸い方にむらがあって、最後にかならずながい一本が残る。そこまで来ると息が切れていて、鳥がミミズを呑み込んでるときみたいに餌《えさ》が揺れるんですよ。水を張った重い鍋を持ったりして、もう腕の力がなくなってるから、蕎麦《そば》ちょこがわりの湯飲みも箸も揺れる。揺れるばかりじゃなしに、撥《は》ねて、くるくる円を描く。あぶないなあ、こぼしそうだなあ、と心配してたら、案の定、ぴっ、ぴっと撥ねて、ご覧のとおり。本人は下を向いてますからね、かかったところは見てないし、目が悪いからこちらの染《し》みなんてわかりはしない。そんなわけで、ここと、ここと、ここと、三つ。年寄りの冷や麦とはこのことですよ。

「それを言うなら、年寄りの冷や水でしょ」と安田さんが口をはさむ。ビールを飲んだときの相良さんが、箸にも棒にもレンゲにもかからない冗談を言ってまわりの客の失笑を買うのは今晩だけの話ではなかった。その程度でも、ふだんまじめな相良さんにとっては精一杯の羽のばしになっているようなのだ。

奥さんが子連れで友人たちとの食事会に出ているため、その日、相良さんは家にもどってもひとりなのだった。ずっとまえに一度だけ奥さんを連れてきたことがあって、そのとき彼女はチャーシュー麺《めん》を食べていったのだが、それが最初で最後だった。照れくさいんですよ、と相良さんはおちょぼ口で弁明するのだが、安田さんは、たぶん味がお気に召さなかったんだろうと解釈していた。じっさい、店を開いてもう二十年がたつのに、道を究めるような努力などまったくしてこなかったなあ、とわれながら呆《あき》れることがある。そこそこ客が入って暮らしが成り立てばいい。そう割り切っていたからだろうか、それとも生来の鈍さは治らないとあきらめていたからだろうか。出来あいの缶だったカレーは、妻が手伝ってくれるようになって自家製になったし、日替わり定食に手間のかかるハヤシライスなども入れるようになった。手を抜いてはいないつもりだけれど、しかしそこから先へ進む欲がないのである。常連になった相良さんだって、勘定を済ませて帰るときに、じゃあ、とか、ごちそうさまとか言うだけで、味そのものについての感想を聞かせてくれたことはない。やっぱり、そこそこで止まってるんだろうな、と安田さんはまた否定的に考える。まともな味になっているとしたら、それはぜんぶ妻のおかげだろう。

妻と知りあったのは、見習い時代の最後にあたる時期だった。めぐりあわせの不思議というものは世に腐るほどあって、そんなにたくさん転がっているのなら不思議でもなんでもないはずなのだが、人生の転機となったあの時期を振り返ってみると、どうしても手垢《てあか》のついた言葉を借りてきたくなる。器用で野心もあった他のふたりの見習いは、ひととおりの手順を覚えると、店長が唖然《あぜん》とするのも気にせずあっさり辞めて、ひとりは調理学校へ入りなおし、ひとりはもっと条件のいい店を探すために都会へ出ていった。結局、なにをやらせても駄目で、もっとも期待されていなかった安田さんだけが残ったのである。不器用はあいかわらずだが、数年かけてそれを年季で補いうるレベルまではどうにか力をのばし、本人の自覚とは裏腹に、だんだん料理人の顔になってきたねえと常連客から言われるようになったころ、店長が脳卒中でとつぜん倒れた。命は取りとめたものの利き腕がだめになり、店は安田さんの裁量に任された。なんとなくこうなっただけで、俺はあいかわらずぱっとしない。そういう意識をぬぐいきれない安田さんは、だから謙虚だった。客からの要望や苦情には丁寧に耳を傾け、バイトの者が失敗してもつとめてあかるく謝罪し、いつも下手に出て嫌な空気を取り払った。出前の経験が役にたっていたのかもしれない。

花屋ではなくて果物屋からの注文が、妻との出会いのきっかけだった。この地方でいちばん大きな県立病院の入り口の、道路をはさんだむかいには、患者や見舞い客を相手にした店がいくつかまとまっている。平日は大きな駐車場がいっぱいになるほどの来患があるため、客が途絶えることはあまりない。時間待ちに便利な喫茶店、院外処方もする薬局、写真屋、本屋、果物屋に花屋があって、構えはみすぼらしいけれど商店街のようになっている。一帯を仕切っている果物屋のおかみさんの注文で、店奥の、色あせた紺地の暖簾《のれん》のむこうに隠れた土間のテーブルに、まとまった数の出前を届けたことがなんどかあって、いちおうお得意さんのうちに入る大切な客だったが、その日は様子が少し変だった。安田さんの直感は当たった。おかみさんは彼がやってくるなり、あんたにお願いがあるのよ、と声を低くして言い、二度手間になるけど、これを病院の駐車場に届けてほしいの、と言うのである。駐車場、ですか？　と驚く安田さんに、そうなのよ、東門の木陰に停まってる白いワゴン車まで運んでほしいんだよ、とおかみさんは隣にいるエプロン姿の女性のほうを指差し、こちら、花屋の聡子さん、この人についてけばわかるから、また戻ってきてね、お代はあとで払うから、冷めないうちにすぐに行ってちょうだい、バイクじゃなくて、手持ちでよ。

狐《きつね》につままれた気分で安田さんは出前機のトレーをはずし、そこに三人ぶんの料理を載せて、聡子さんが店から持ってきた花束用の白い大きな紙をかぶせてすぐに出かけた。聡子さんは花束も持っていたが、これはなにを運んでいるのかわからないようにするためのカムフラージュだと言う。説明を受けて、なるほどと事情が飲み込めた。ワゴンのなかで待ち受けているのは病院食に飽きた長期入院患者で、家族付き添いを条件に散歩の許可を得て、中庭からそのまま駐車場へこっそり移動し、用意された車に乗り込む。そこへ運んでもらった禁断の店屋ものを堪能《たんのう》して、なにごともなかったかのように戻っていくというのだ。食餌《しょくじ》療法を課されている人もいて、へたをすれば命にかかわる決死の冒険である。薄味の料理に嫌気がさし、どうしても我慢できなくなってくると、前々から院内の慰問演芸会などに手を貸して顔のきく果物屋のおかみさんをつうじて外部に注文をとり、それを駐車場に運ぶおきまりの手順で食欲を満たすのだった。病める人々は貪欲《どんよく》で、注文も幅ひろい。家族も同伴なので数もそのぶん多くなる。善意の仕事だって言いながら、あのおばさん、ちゃんと手数料とってるんですよ、わたしはいわゆる御近所づきあい、というか、おばさんに逆らえずにやってるだけで、と聡子さんは小声で言い、それに、病院側が気づいていないはずはないと思うんです、といたずらっぽい笑みを浮かべた。

「このあいだは鰻重《うなじゅう》だったんです、肝臓の悪い中年の女の人で、退院間近だったそうなんですけれど、特上をふたりぶん平らげちゃった」

そんな話をしているうちたどりついた白のワゴン車には、パジャマを着た二十代くらいの若者とその母親、そして年の離れた妹が待ちかまえていた。こってりしたチャーシュー麵と塩ラーメン、かに玉の三つ。胃潰瘍《いかいよう》で入院しているのに、死んでもいいからチャーシュー麵が食べたいって言うもので、と母親は安田さんに頭を下げた。麵が伸びていないか不安でしばらく外から見ていたが、若者は箸《はし》を割るのももどかしげにずるずると麵をすすり、どんぶりに口をつけてスープをひとくち飲んだあと、ああ、うまい、こんなうまいもの、ひさしぶりだ、ありがとうございます、と心底嬉《うれ》しそうな顔で、聡子さんにではなく安田さんに礼を述べた。あのときの笑顔はいまでも忘れられない。

「ワゴン車は、果物屋さんの。ときどき替えるんです。軽自動車で天井の高いのがありますよね、あれを使うこともあって。でも、びっくりしたでしょう。ご迷惑おかけしました」

「いえいえ、とんでもありません」

安田さんはつぎの言葉が見つからずに黙った。いえ、いえ、とんでもない、お客さんに喜んで食べていただければ、こんな嬉しいことはありませんから、料理人冥利《みょうり》につきますと、そんな模範的な答えをしておくべきだったろうか。腹を空《す》かせていれば、どうしても食べたいと必死になっていれば、和食でも洋食でも、なんだっておいしく感じられるものだ。俺の料理がとりたててすばらしかったわけじゃないだろう。しかし安田さんは、やっぱり嬉しかったのである。料理人になってよかったという台詞《せりふ》が、舌先まででかかったほどだ。振り返ってみると、まえにテレビの洋画劇場で観《み》た禁酒法時代のバーみたいなスリルがあって、いつこわもての看護婦さんに踏み込まれるかとびくびくしていたのだが、場数を踏んでいる聡子さんは平然として、でも、ほんとにおいしそうに食べてましたね、と安田さんにほほえみ、器はあとから取りに行って果物屋さんまで戻しておきますから、今後ともよろしくお願いします、と小さく頭をさげた。

二度目も、三度目も、聡子さんが付き添ってくれた。四度目も、五度目もそうだった。やがて果物屋のおばさんからではなく彼女のほうから電話が入るようになり、その後も協力して飢える人々の食欲を満たす手助けをした。二十代のなかばに一度高校の同級生と結婚、三十目前で離婚して、知人の紹介でその花屋に職を得て四年目になる、といった私的なことも聡子さんは話してくれるようになっていた。六度目の注文が入って酢豚と中華丼《どん》と餃子《ギョーザ》をワゴン車に届け、布巾《ふきん》をトレーから取りのけたとたんにあがった歓声をしみじみ聞いたあと、安田さんは、正直に言っていいですか、といつになく真剣な口調で聡子さんに話しかけた。あのとき、てっきりあたしのことが好きだとかなんとか言ってくれるのかなって、ちょっと期待したのよ、と妻となった彼女はいまでもときどき冷やかすのだが、安田さんが話したのは、自分の料理がいかに下手くそかという場ちがいな告白だった。望んでこの道に入ったのではないし、店長が病気にならなければいまの店だって任されてはいない。あんなふうに素直に喜んでもらえると、嬉しい反面、なにかがまちがっているんじゃないかと思う。できる範囲のことだけをやって、ろくに研鑽《けんさん》も積んでこなかったような男には、もったいない誤解である、と。

だが、聡子さんには、安田さんがなにを言おうとしているのか理解できなかった。非合法の出前はもうお断りしたいということなのか、それとも、気持ちの問題はべつとして、これまでどおり手伝いたいということなのか。近在の飲食店のあちこちから出前を取ってみたそのなかには、じつは安田さんの店ではない食堂の中華もあったのだが、患者さんたちの反応を見れば安田さんの料理の味がどんなものかは容易にわかった。聡子さん自身が食べてそう思ったし、あの口うるさい果物屋のおばさんも、安田さんだっけ、あのひとに代替わりしてから味がよくなったよ、応援してあげなきゃ、と「手引き」の仕事が終わるたびに誉《ほ》めていた。どこがどう変わったのかうまく表現できないけれど、いろんな味がしっかり混じってるねえ、だってほら、冷めても食べられるじゃないか、冷めた揚げ物が食べられるってことは、材料も油もけちってないし、腕もいい証拠だよ。

考えすぎですよ、味に不満があったらそうそう頼んだりしません、と聡子さんもまた正直に意見したのだが、安田さんはかたくなにそのありがたい受け止め方を拒んだ。鈍いって、きっとそういうところなんだろうな。思いながら、聡子さんは少しずつその鈍さに惹《ひ》かれていくのを否定できなくなっていた。週末にどこかへ連れて行ってと誘ったのも、彼女のほうだった。待ち合わせ場所に現われた安田さんの、まるでイメージとちがう白いポロシャツには、直前まで下ごしらえでもしていたのか、スープの染みがついていた。

「ついちゃったものは、仕方がないですよ。はやく帰って、見つからないうちに洗剤につけておきますか」

相良さんのシャツの染みが、安田さんのあずかり知らぬ聡子さんの胸のうちに、はじめてふたりで遊んだ日を思い出させた。車で二時間のところにある動物園に出かけたのだが、安田さんは動物よりもそのなかにある水族館に夢中だったのだ。

相良さんはよろりと立ちあがり、勘定を済ませようと内ポケットから信用金庫の銘入り財布を出したところでまたあのおくびが入って、あ、そうだ、連中は元気ですか、と指を下にむけ、餃子を焼いている安田さんにたずねた。

「ええ、なんとか。ずいぶんでかくなったのもいますよ」

「ながいこと見てないでしょ。挨拶《あいさつ》してってくださいよ、階段でふらふらしなければの話だけれど」と聡子さんも言う。

「そうですねえ」と相良さんは左手で少し薄くなった後頭部をかりかりかきあげた。

「じゃ、ちょっと見て行こうかな、アルコールが入っていても、年寄りの冷や水とまではいかないでしょ」

親しく言葉を交わしたことはないけれどよく顔を見る客が四人ほどいて、薄汚れたスポーツ新聞と週刊誌をぺらぺらめくりながら食事をしていたのだが、ちょっと見て行こうかなという声にみなぴくりと反応した。この店の下になにがあるのか、誰もが知っていたからだ。子ども連れの客のなかには、それを楽しみで来てくれる人もいる。

安田さんの店は、尾名川に流れ込む細い支流に沿った片側町にあり、通りから見ると二階、護岸工事のほどこされた川べりから見ると三階になっている。十数軒の家屋が張りついているこの一角はみな同様のつくりになっていて、道路側から見て地下になる一階部分はさすがにしけるため住居ではなく物置にしている家が多い。もう完全に店はたたむと店長から一方的に宣言され、結婚が決まっていた聡子さんのはげましもあって安田さんがここを買ったとき、下は六本の軽量鉄骨で支えられているだけのがらんどうで、屋根つきの車庫として使っていた。将来家族が増えたら部屋に改装して遊び場にしようという魂胆だったのだが、聡子さんが子どものできない体質だとわかったとき、相良さんのところから金を借りて全面改装に踏み切り、一階には食材の貯蔵庫と趣味の熱帯魚をならべるスペースを確保した。高級な品種はいない。エンゼルフィッシュ、ネオンテトラ、グッピー。どんなペットショップにも売られている、あまり手のかからないごく一般的な熱帯魚ばかりだ。尾名川で釣ってきた鮒《ふな》や鯉《こい》やメダカにも居場所がある。特例は体長三十センチ弱のブラックピラニアだが、これはどうしてももらってくれと知人に頼まれたものだった。水槽をのせている頑丈な工業規格のスチール棚は一段のみで、ピラニアだけは事故がないよう混泳はさせず、他より大きな水槽の中でゆったりと遊ばせている。いかつい顔をしているくせにあんがい臆病《おくびょう》なところもあって、はじめは戸惑ったけれど、いまでは愛着もある。

相良さんは壁板に掌《てのひら》をあてて、しゃあしゃあと擦るように音を立てながら急な階段を下りていったのだが、やっぱりふらふらしておぼつかないので、安田さんは餃子を焼きあげるとすぐ様子を見にいった。照明を落とした室内に蛍光灯で照らされた青白い水槽がずらりとならび、十数台のポンプの音が唸《うな》っている。

「一年ぶりくらいかな。また大きくなりましたね。なにか育てるコツでもあるんですか」

「特別なことはなにもやってませんよ。川の水が近くて、気持ちがいいんじゃないかな」

「高濃度の酸素をポンプでたくさん送り込むと、やたらにでかくなるって、このあいだ新聞で読みましたよ」と相良さんが言う。

誰か俺にも酸素を送ってくれないものかな、と安田さんは思う。毎秒、毎分といわず、めいっているときだけでいいから、濃い酸素をたっぷり吸ってみたい。金を借りる理由として自宅兼店舗の増改築をかかげたとき、大工の棟梁《とうりょう》にたのんで描いてもらった図面の青焼きと見積もりを見せたら、相良さんは事業成績よりも階下に造ろうとしている私設水族館につよい関心を示し、おもしろいじゃないですか、客寄せにはなかなか魅力的なアイデアですよ、と言ってくれた。客寄せにするなんて考えもしなかったのに、どうして適当にやっていることを相良さんは、そして妻は評価してくれるのだろう。熱帯魚だけじゃつまらない、尾名川でとれた雑魚《ざこ》も入れたらいいですよ、親しみがわくでしょう、と相良さんはすっかり乗り気だった。

「なにもしないでこんなに大きくなるんだ。人徳だなあ。たいしたものですねえ」

「いや、ほんとに特別なことはしてないんですよ」

特別なことはなにもしない。料理も魚の飼育もおなじだ、なにがよくてなにが悪いのだか、自分でもわからないのである。時計を見ようとして袖口《そでぐち》に目を落としたら、卵色の麺《めん》が一本、服に張りついている。さっきラーメンの湯を切ったときに飛んだのだろう。相良さんがこちらに背をむけてエンゼルフィッシュをじっと観察している隙《すき》に、安田さんはそれをつまんで、ピラニアの水槽にそっと落とした。こいつなら、ミミズ状に伸び縮みしながら沈んでいくその紐《ひも》を、相良さんのワイシャツに染《し》みをつけたご老体のようにちゅるちゅるといたぶったりせず、ぱくりとひと口で片づけてくれるだろう。下あごの突き出た熊手《くまで》みたいな口先が未知の獲物に近づいたとき、う、と相良さんがあの音を出した。狭い密室だから、いつにも増して響く。大丈夫ですか、と声をかけ、ふと水槽に目を移すと、ふやけた麺は消えていた。ひと飲みにしたのだろうか。だが、そいつのごつごつした顔をいくらうかがっても、味がどうだったのかを読みとることはできなかった。

緩斜面

ぼんやり空を眺めて赤く焼けかけた雲の筋に視線を合わせ、こんな色に染まるのはひさしぶりだなと思っていると、いきなり、青みをおびた大きな生きものが突風にあおられるように宙に投げ出されて一気に舞いあがり、たちまち見えなくなった。見えなくなったといっても、進行方向とは逆の、ボックス席の通路側にすわっていた香月さんの視界から消えたにすぎないのだが、あっと声をあげておもわず身を乗り出したその勢いで、となりで本を読んでいた若い女性の膝《ひざ》のあたりに手をついてしまった。いや、こいつはどうも失礼しました、と顔を真っ赤にしてあやまった香月さんに女性は怒りもせず、ふたたび両脚をそろえて本を読みはじめた。自分のあげた声にいっせいに反応した乗客のまなざしと、膝にしてはやわらかかった感触に年甲斐《としがい》もなくどぎまぎして身体が縮む思いだった香月さんは、丸くなった背中をさらに丸くするかっこうで坐《すわ》りなおし、恥ずかしさのあまりしばらくは目を閉じていたのだが、少し落ち着きを取りもどすと、急激に光を失っていく車窓のむこうにふたたび目をやった。

ついさっきまではただの透明な一枚の板にすぎなかったガラス窓に室内灯が照り返って、視線を外に逃がしてくれない。相席している他の三人と通路のむこうのボックスの乗客の顔が、白い映像になって固いスクリーンに浮かんでいる。さっきなにかが飛んで行ったように見えたのは、反射光のいたずらだったのだろうか。いや、そんなはずはない。外はまだなんとか明るさを保っていたし、光にしては物の質感がありすぎた。おまけにあれは白ではなく、たしかに青っぽかった。慣れない老眼鏡の掛け替えをしているせいで眼に疲れがたまっているとはいえ、あれが見まちがいだったとはどうしても思えない。左の親指と人差し指で、香月さんは眉間《みけん》のあたりをつよく押してみた。経理の洞口さんが教えてくれた眼のツボだ。若いのに指圧や整体に凝っていて、彼女はなんでもよく知っている。

「眉間は眉間でも、眼窩《がんか》のうえの、骨が少し突きだしているところ、眉毛《まゆげ》の下くらいにはっきりそれとわかる筋があって、それをしこし押してみてください。ね、目の奥がきゅんとして、すっきりしたような気がするでしょ。ような気がするっていうのが味噌《みそ》なんですよ。なんでもそうです、香月さんはぜんぶ納得して、きれいに説明しようと思うから、だめなんですよ」

まだ二十歳そこそこの娘からそんなふうに言われたら、たいていの中年男はむっとしそうなものだが、彼女はその名のとおり洞みたいに立派な大口を開け、けらけらと真っ白な歯を見せて無邪気に笑いながら話すので、どんな小言もそれこそ軽口のようになってしまう。洞ちゃんの大口、と同僚たちは彼女を怒らせて楽しんでいるけれど、たしかに彼女と話をするとなぜかこちらも頬がゆるんで気持ちが楽になる。洞ではなく、祠《ほこら》に参るような感覚だった。彼女が通っていた経理学校の教師によれば、経理で大切なのは、ここぞというときにうまく気を抜くこと、適度にいいかげんであることだそうだ。香月さんの常識からはだいぶはずれた発言だが、生活を左右する数字のならびは数学の先生が使っているのとはべつものだ、抽象概念ではないし冷ややかな数字の羅列でもない、生活の重みが乗っかった人間味のあるものでなくてはならない、そのためにはもっと隙《すき》をつくるようにと先生は話していたらしい。それで計算ミスでもしたら、元も子もないじゃないかと香月さんが呆《あき》れると、まちがえたらやりなおせるでしょ、全問正解の経理って、めちゃくちゃ退屈なんですよ、と洞口さんは平気な顔で言うのだった。

「あんまりぴたっと数字があうと、かえって気分が悪いんです。机のうえの書類をぜんぶ窓から放り投げたくなる」

「そんなものかな」

「そうですよ。だからマッサージだって、プロがやるより、ちょっとあやしげなほうが効くんです。なんだったら、あたしが押してあげましょうか！」

「いや、遠慮しておくよ」

眉間のあたりに、先がぺたりとして按摩《あんま》に向いていそうな洞口さんの指と、窓からばらまかれてビル風にきりきりと舞っている何十枚もの書類の映像がいっしょに浮かんだ。目のまえの大きな口が、また祠になっている。自分の半分ほどしか生きていない女の子の笑顔のまえで両手をあわせ、拝みたくなってくるなんて、じつに不思議な気分だった。

いま窓ガラスに映っているこの人たちの誰かひとりでも、あんな笑顔を浮かべていてくれたらな、と香月さんは心のなかでつぶやく。あやしげなほうが効く、か。たしかに、そんなふうにも言えるだろう。しかし場合によっては人の命をあずかることもあるわけだから、そういう部分は内側に秘めて、外見だけはすっきりしておくべきではないか、とも思うのだった。

＊

香月さんの勤務先は、防災用具全般を扱っている大阪の会社の下請けで、消火器の販売と集合住宅や雑居ビルに配備された品の点検を手がけている。以前勤めていた食品機器の開発会社が倒産し、失業保険で食いつないでいたころ、幼なじみの小木曾さんの世話で、香月さんはまったく畑ちがいのこの会社に再就職することができた。社長は小木曾さんの遠縁にあたる人物で、要は遅まきながらの縁故採用だったわけである。もっとも、旧友が仕事の斡旋《あっせん》を思いついたのは、香月さんが公立図書館でなにげなく借りて持ち歩いていた一冊の本のせいだというから、人生なにが起こるかわからない。そのときの話は、あたらしい得意先でかならず披露する十八番になっている。

昼ひなか、駅でばったり出くわした小木曾さんが、香月さんの手に収まっていた『ABC殺人事件』という文庫本に目をとめて、そうだ、まだ仕事は見つかってないんだろ、ちょうどいま親戚《しんせき》の会社が、中堅どころの即戦力ってやつを探してるんだよ、ちょっと顔を出してみないか、と誘ってくれたのだ。会って話をする機会はずいぶん減っていたけれど、電話ではよく近況報告をしあう仲だった。消火器の販売と点検を主に、防災器具も扱っているところだという。職にありつきたいのはやまやまだが、いくらなんでも分野がちがいすぎるとしりごみする香月さんに、小木曾さんは笑いながら、でもまじめな口調で、その本を見て思いついたんだよ、と説明してくれた。

「火災がいくつかの種類に分けられてること、知ってるか」

「いや」と香月さんはこたえた。

「高校時代にアルバイトしたことがあって、そのとき教えてもらったんだよ。紙くずや木材が燃えるのが普通の火災。洋服なんかも入るかな。それから、油が燃える火災。石油や灯油もこの範疇《はんちゅう》だ。それから、漏電やショートで起こる、電気系統の火災」

「三つしかないじゃないか」

「家庭で起こりうる火事はその三つくらいでいいんだよ。問題は呼び名でね、最初がA火災、次がB火災、最後がC火災って言う。だからその本とおなじ、ABC」

冗談だろ、と香月さんは腹を立てそうになった。怒っていいのか笑っていいのか、もしかすると半泣きみたいな顔をしていたかもしれない。いくら友だちでも、今後の人生を左右しそうな再就職先を、こんなつまらない思いつきで決められてたまるか。香月さんの反応を見た小木曾さんは、誤解するなよ、真面目《まじめ》な話なんだから、とすぐに補足した。

「ほんとうは火災の種類に応じた消火器を、個別にそろえておくべきだろうけれど、いちいち面倒だろ。それで、ほら、どこにでもある赤いポストみたいなあの消火器、あれは粉末が入っていて、この三種類の火に適度に対応できてる。だから粉末ABC消火器って言う」

「まさか」

「ほんとうだよ。そういうのを扱ってる会社でね。興味があったら、連絡してくれ。話を通しておくから」

まじめに受け取ったわけではなかった。親切心から言ってくれているのはわかってはいたものの、それなりに愛着をおぼえはじめていた会社が倒産して、まだその渦中《かちゅう》に、いや火中に自分がいるのに、そのものずばりの火消し役を買って出るなんて、漫才のネタにもならない。ところが、その日のうちから香月さんは、公共の建物の通路にぽつんぽつんと里程標よろしく置かれている消火器の、頼りなさそうな顔が気になりだした。散歩のさなかに赤い円筒のまえを、あるいはそれを奉納した細ながい木箱のまえを通ったりするたびに、なんの義務もないのにちらちらと横目でその姿を確認するようになったのである。あまりにあたりまえの光景だったから、それまで気にもとめていなかったのだろう。町のいたるところに出没する消火器の数の多さに、香月さんは素直に驚かされた。

いったいこの世のなかに、消火器を使ったことのある人間がどれだけいるだろう。もちろん防災用具なんて、できれば手にする機会のないほうがいいにきまっている。備えあれば憂《うれ》いなしとは、まさしく前の会社の社訓にも掲げてあった項目だが、そういう不幸な機会は、まったく予期しないときにやってくるものですからと、過去の事例や身近な事故を引き、顧客に不安を募らせて商品を買わせるなんて、保険の外交と変わらない。機械いじりをしていればよかった自分に、裏表のある弁舌を使いこなす営業がつとまるだろうか。あの日、電車とバスに揺られて家に帰るあいだ、香月さんはずっとそればかり考えていた。

会社のある旧国鉄の乗り換え駅から尾名川の上流にむかって電車で四十分ほど走った町に、香月さんの実家がある。もっと上流へ行けば山がちになるのだが、そのあたりはおだやかな河岸段丘がのびていて、川の北側の、蹴《け》り飛ばせばぐらりと揺れそうな新建材の住宅が建ちならぶ新開地の、段丘のとぎれるずっと奥まった不便な場所に、十数戸がかたまった囲い地みたいな一角があって、香月さんの家はそのさらに先の雑木林の手前に建っていた。

出入り口が前方にひとつしかない田舎バスで、駅から二十分ほどかかる家までの道路沿いには青々した畑地がひろがり、立派な屋根瓦《やねがわら》のある家が点在している。一見のどかだが、駅の周辺だけは、ここがいったいどこなのか説明できないくらい紋切り型の表情だ。高さもかたちも規模もまちまちの殺風景なビルがならび、無秩序な看板があちこちから突きだして視界を横切る。季節によっては遠くに雪をいただいた山々がのぞめるぶんだけ、まだ会社の近辺より救いがあるかもしれない。それでも、通勤通学の時間帯を除くと極端に本数の少ないバスで苦労して帰るだけの魅力があるかどうか、香月さんにはわからなかった。

裏手が小山で木々も豊富だから、夏場でもたしかに大気はひんやりしている。ところが、ほんの数百メートル先の谷あいを高速道路の高架橋がまたいでいて、空気と風と気温の条件が合致すると、長距離トラックの轟音《ごうおん》がどうどうと山鳴りになって伝わってくるのだった。想像を超える難工事がつづいたというその高速道路が完成したのは、香月さんが中学生を終えるころだった。工事の開始はそれよりはるか以前のことで、たいへんな規模だとの噂《うわさ》を聞きつけた父親が、現場を見あげることのできる場所まで、車で連れて行ってくれたことがある。めまいのするほどの高さに、コンクリートと鉄の橋が渡されていく。そのようすを仰ぎ見ていたあたりに、道路の横断を呑《の》んだおかげでにわか成金のようになった一帯の山の持ち主の土地があり、その地主が勢いを駆って宅地をつくろうとしていた。開発業者と知り合いだった香月さんの父親は、工事現場の見物をうまい口実にして、事前の情報と現地をつきあわせていたのである。母親もいっしょだったから、夫婦のあいだでは、建て売り住宅を購入する話がもうかなり煮つまっていたのかもしれない。

それまで住んでいた山あいの町の、ささやかな町営住宅を出てここに移り住んだのは、中学二年のときだった。はじめは郷里を離れるのが嫌で、叔母の家に下宿してでも慣れ親しんだ中学校に残りたいと、香月少年はひとり反対していたのだが、おなじように鄙《ひな》びたところでも駅前に出ればなんでも手に入り、公立図書館もあると知って、町暮らしに多少のあこがれもあった少年はずいぶん悩んだ。けれど、移り住んだ町で高校を卒業したあとは地方の工業大学に進学したため、実質的にこの家に住んだのは四、五年でしかない。大学の近くにあった会社の倒産を機に、独身の香月さんは十年ぶりに実家へ戻っていたのである。

小木曾さんから聞いた話を、その晩、香月さんは両親に相談してみた。たまたま会社の名を知っていた母親は、消防署の許可や認可があってやってるわけじゃないんでしょ、消火器なんてうちにもないんだし、そう売れるものでもないだろうから、不安は不安よねえと賛成も反対もしなかったが、父親のほうは、仕事をえり好みできるような立場ではないし、ここからじゅうぶん通えそうじゃないか、つぎの仕事が見つかるまでの腰掛けのつもりでもいいから、やってみたらどうだ、おまえの年で、仕事はない、親の年金の世話になってるじゃあ、ただでさえ来ない嫁さんが永久に来なくなるぞ、小木曾君の口利《き》きならそう悪くはないはずだと、励ましなのか説教なのか判然としない言い方をした。

とはいえ、それはまた香月さんの気持ちでもあった。親によけいな負担をかけないためにも、はやく仕事を見つけたい。とりあえず顔だけでも出してみようと香月さんは心を決め、翌日、電話で小木曾さんをつかまえて意向を伝えると、数日後には、遠縁の親戚というより従兄《いとこ》といったほうがいいくらいの年かさの社長に会い、簡単な面接を経てその場で採用が決まった。嘘《うそ》のような呆気《あっけ》なさだった。小木曾さんからの連絡で、社長はもう最初から受け入れるつもりだったらしい。社員はわずかに六名。うちでは、なんでもやってもらうからね、それなりの覚悟を、と笑顔で念押しし、予想をはるかに下まわる報酬額を口にした。あまりにあっけらかんとした口調なので言葉も返せず、香月さんはとにもかくにもお願いしますと頭を下げていた。

あれから、またたくまに時が流れた。最初はとまどうばかりだった仕事が、どの建物のどの場所に消火器が置かれているか、その分布を把握できたころからだんだん楽しくなってきたのは、香月さん自身にとってありがたいことだった。中身が古びることはあまりないけれど、本体がさびたり腐食したりしているもの、使用期限を過ぎたものは、迅速にとりかえる。五年をめどに交換しておけば、扱いに支障をきたすことはない。あとは人の命を奪うような火事のないことを祈るだけだ。管理組合が点検の費用をけちっているマンションや、古い公共施設の一部には、仲間うちで「ヴィンテージ」と呼ばれる年代物の消火器がひっそりと眠っていて、あそこのは何年物だとか、消火器は青物とおなじだからあたらしければそれにこしたことはないとか、そういう馬鹿《ばか》げた話にもついていけるようになって、腰掛けでいいという無責任な気持ちがあらたまってきたころ、そんな心の変化を見はからったように小木曾さんが急死した。肝硬変だった。

　引っ越すまでほとんど毎日顔を合わせていて、それからも途切れることなくつきあってきた友人の死はさすがに応《こた》えたが、いまの仕事をつづけていかなければ申し訳ないと、逆に励みにもなった。今年は墓参りの帰りに小木曾さんの家に立ち寄って、しばらくぶりに息子の大助くんにも会った。あのとき三つになるかならないかだった子どもがどんどん大きくなって、いまではもう、母親の敬子さんどころか香月さんの背丈をも追い越している。こんど中学の二年生になると聞いて、まだ相方も見つからず、子どもを持つよろこびを知らずにいる香月さんも、さすがに胸がつまった。中学二年といえば、ぼくがきみのお父さんと別れた年だ、と香月さんは友人に瓜《うり》ふたつの顔にむかってしみじみと言い、それからひとしきり、まるで同年輩の人間を相手にしているみたいに話し込んだ。相手が香月さんの言葉にきちんと応対できる年齢になっていたこともあったが、香月さんのほうも大助くんのなかのあきらかな旧友の面影になつかしさが募って、いつもより饒舌《じょうぜつ》になっていたのかもしれない。

「この季節になると、よくふたりで凧《たこ》あげをしてたんだよ。中学生にもなって、おかしな話だけどね」

「おじさんと父さんがつくったその凧、まだあります」

なにげなく漏らした言葉に思いがけない反応が返ってきて、香月さんは混乱した。目のまえの少年がかつての友人になり、香月さんは香月少年になった。腰を浮かせて、へえ、と驚く香月さんに、敬子さんが言葉を継いだ。

「そうなんです。このあいだ納屋《なや》を整理してたら、ビニールできれいに包まれた凧が出てきたんですよ。すてきな和紙が使ってあって、香月さんのサインが書いてあるんです。絵は、うちの人が描いたみたい」

言い終わらないうちに敬子さんは立ちあがり、奥の間からながい尾のついた和凧を取り出してきた。面の下、三分の一ほどを、単純だがバランスよく配置された幾何学模様が埋めている。ひと目でわかった。

「いやあ、たしかにこれは小木曾の描いたものですよ。あのころもすばらしいと思ってましたが、いまみてもやっぱりうまいな。しかしまあ、よくぞ取っておいたものですね」

風にあおられてなにかが天高く舞っていったり飛んでいったりするのを見るのが、香月さんは子どものころから好きだった。帽子にハンカチに傘に新聞紙。それまでがさごそと控えめに動いていたにすぎないものたちが、風を孕《はら》んだとたん力を得て表情を変える。風を孕むことは、そのまま命を孕むことなんだ。少年少女向けにリライトされた海洋冒険小説でおぼえたばかりの「孕む」という言葉を、そんなふうにこっそりじぶんのためにつかって、ひどく嬉《うれ》しかったものだ。

香月さんの郷里は、つまりそれは亡《な》くなった友人の郷里でもあるのだが、雪沼という山あいの町で、通っていた小学校の近くに町営のスキー場があった。巨大な駐車場ときらびやかなホテルに囲まれたところしか知らない人たちにはあまりぴんと来ないらしいけれど、雪質のいいゲレンデで、静かに、ぞんぶんに滑りたいその筋の人たちには人気の高いスキー場である。夏場は斜面を荒らさないことを条件に一部が子どもたちに開放されていたため、よく友人と弁当持参で遊びに行き、緩斜面にもうけられた芝地で板橇《いたぞり》に興じたりしたのだが、やっぱり楽しいのは谷から風がふきあがってくる晩秋から冬にかけての季節で、おまけにスキーがあまり得意ではなかった香月さんは、もっぱら凧あげにいそしんでいた。それも、少し引っ張りながら走るだけで簡単に上昇していく外国産のビニール凧ではなく、祖父に教わって病みつきになった、あの割竹と凧糸と和紙でつくる原始的な手製の角凧に。

角凧は、枠の組み方、紙の張らせ方、そして糸をとりつける位置と本体の三、四倍はあるながい尾の泳がせ方、そのすべてがからみあって、なおかつすばらしい風を孕んだときにだけ美しく宙に舞う。だから飛び立たせるまでに、何度も微調整を繰り返さなければならない。扱いをあやまるとすぐに落下してつぶれてしまうし、雨あがりで草地が濡《ぬ》れていたりすれば簡単にだめになってしまうから、よけいな飾り絵をつけたりはしなかった。紙を丈夫にするために柿渋《かきしぶ》を塗ることもあるらしいのだが、祖父はそこまで凝り性ではなかったし、叔母がなかば趣味、なかば仕事で和紙を漉《す》いていたおかげで、たとえ濡れてだめになっても、代わりはすぐに手に入った。凧に張るのは十文字漉きの紙だ。これは縦横の強度が安定していて風にも揺れにも負けない。漉くときに縦揺りを多くしたものや、手漉きでないものは使わないほうがいいと教えてくれたのも祖父だった。いちばん薄くて、かぎりなく白に近い色の紙を叔母にわけてもらうと、香月さんは祖父が割ってくれた竹のひごを組んで、ごつごつした幼稚な凧をいくつもこしらえた。その和紙に、地元の工業高校の図案科に進んでデザインの仕事につくのを夢見ていた小木曾少年が、白地をたっぷり残し、隅のほうに丸や四角を組み合わせた文様を描いていったのである。絵が苦手の香月さんには、まさにもってこいの協力者だった。

「ここです、ほら、ほんとに小さいけれど、香って文字がひとつ、隅のほうに書いてあるでしょ」敬子さんが指を差した。どれどれ、と芝居のような合いの手を打って香月さんは身を乗り出し、ポケットからさっと眼鏡を取りだした。

「あらいやだ、香月さん老眼なの？」

「ええ」と恥ずかしそうに香月さんは答えた。「まあ、そんな年になったんですね。

でも、まだかけたばかりですよ。慣れないものだから、どうも眼の奥が痛くて」

「無理なさらないでね。小木曾も倒れるまえ、眼の奥が疲れるとか、鼻が重いとか、よくこぼしてましたから。あのときは、ただの疲れだと思ってたんですけれど……でも、そういうときは、いいやり方があるんです」

「眉《まゆ》の下の筋を押すんでしょう？」

えっ、とびっくりしたあとに歯を見せて笑った敬子さんの顔に、洞口さんの顔が重なった。なんだったら、あたしが押してあげましょうか！　という声まで響いて、酒のせいばかりでない頬の火照《ほて》りを感じた。うちの経理の女の子に教えてもらったんですよ。まあ、じぶんでやってもあまり効き目はないようなんですがね。あわてててそうごまかしたあと、あらためて凧を引き寄せてみると、たしかに香月さんの頭文字が友人の絵を邪魔しないようにちいさく書かれていた。

ひさしぶりに現物をまえにして、叔母が漉いていた紙の色は、雪沼に降る雪の色に似ているな、と香月さんは思った。ただし、似てはいても、どこか雪のそれとはちがうあたたかさが、たくみに織り込まれている。冬場に飛ばしてみても、叔母の紙は背景の雪山の白とは諧調《かいちょう》がひとつずれて、雪の白に埋没することがなかった。

白であって白でないその空のカンバスに、小木曾さんは控えめなロゴマークふうの、そういう方面にはとんと疎《うと》い香月さんにもひどく斬新《ざんしん》に映る図柄を、たくみなレイアウトで描き込んでいった。

あのころは、ほんとうによくふたりで遊んだ。凧を飛ばすには、スキー場のような急斜面ではなく、操り手が安全に助走できて、ある程度の見晴らしのきく野原みたいな空間がちょうどいい。運動場で遊ぶばかりではのうがないし、平日の午後、学校が終わったあとによい風のある尾名川の河川敷まで出ようと思っても、時間にあうバスがなかった。自転車で気軽に行ける場所といえば、雪沼と県道をむすぶ山道の入り口付近のゆるやかな斜面くらいしかなかったのだが、幸いにも、ここが近隣でいちばん凧あげに適したポイントだったのである。

周囲には畑地も多かったが、車の通りの少ない農道のわきには、戦後いっとき放牧に使われていた、原っぱという言葉がぴったりの土地が残っていた。きれいな水が湧《わ》き出る岩場もあったので喉《のど》を潤《うるお》すこともできたし、家に帰って叱《しか》られないようあらかじめ汚れた手を洗っておくこともできる、おあつらえむきの遊び場だった。しかも香月少年にとって、そこは凧あげの聖地であるばかりでなく、道路わきにぽつんと建っているログハウスみたいなレストランの低くてかたちのいい屋根と、その裏手にひろがるこぢんまりした菜園が見下ろせる特別な場所でもあった。店の女主人とつきあいがあった叔母から、あの菜園に植えられているのはハーブと呼ばれる香草で、薬や料理につかうのだと教えてもらったのが、風を孕むという言葉を覚えたころの、もうひとつの印象的な事件だった。それまで耳にしたこともなかったハーブティーなるものを叔母が飲ませてくれたときには、匂《にお》いがきつすぎて、どんなにはちみつをいれて甘くしても受けつけなかった。それでね、と香月さんは大助くんにむかって話しつづけた。

「ログハウスの、山の斜面に向いている壁面に、赤くて細ながい木箱が置かれていて、遠くからだと文字は読めなかったんだけれども、小学校の廊下にあるのとおなじ、消火器の木箱だってことはすぐにわかった。一帯の景色のなかで赤い色はそこだけだったから、ずいぶん目立ってね。その赤い筒のあたりを目印に凧を飛ばしてたんだ」

「じゃあそのころから消火器と縁があったんですね」と大助くんが言う。

「なるほど」香月さんは、また不意を突かれる思いだった。「いまのいままで考えもしなかったけれど、ぼくらの思い出のなかで、あの消火器は案外だいじなものだったかもしれないな」

小木曾から、凧あげの話はちらりと聞いたことがありますけれど、男のひとって、妙なことを大切にするんですね、とお茶を啜《すす》りながら敬子さんが言う。香月さんは促されるように、こんどはふたりにむかってつづけた。

小学校のころは、校庭の隅の谷に面したあたりで風をつかまえていたのだが、あるとき、それまで小刻みに揺れながらもずっと安定していた凧が、触角を引き抜かれた昆虫みたいにくるくる舞いはじめた。木々が煽《あお》られるほどの風はないのにいつも決まった時間にその現象が起きるのが気になって、凧が錐《きり》もみするあたりを探索してみたら、そこはちょうどくねくね谷へ下りていく砂利道のいちばん底にある製材所の敷地の真上だった。夕方になると、そこでいつも木っ端《こっぱ》を燃やしていたのである。製材所が休みになる土曜日の午後と日曜日には気流の乱れがなかったから、理科の教師だったクラス担任に、これこれこうなんですがと観察の成果を披露すると、いいことに気がついたなあ、下に焼却炉があるんだったら、上昇気流が発生してるんだよ、あったまって軽くなった空気が、上にのぼっていく。ほぼまっすぐあがってくると考えれば、おまえたちの凧のまわりの空気が乱れるのは理屈にあう、と先生は教えてくれた。焚《た》き火をして、紙や葉っぱがくるくる舞いあがっていくのを見たことがあるだろ、あれとおなじだ、模型飛行機のグライダーなんかを飛ばす大会があると、高くあげるためにその飛行機の真下で焚き火をするそうだ。

中学生になってたまたまあのログハウスのうえをポイントに選んだとき、そのときとまったくおなじ現象が起こったのだった。凧の尾があの赤い消火器の箱の延長線上に来るよう調節してやると、ぐるぐるまわったり、急に勢いづいて上昇したりする。もともとよい風の通り道があったのも事実だけれど、どうやら建物のむこうの菜園で店の女主人が燃やしている焚き火がつくりだす上昇気流のせいらしかった。緩斜面の風をとらえて高度を保ち、ほとんどなんの手もくわえない状態で一点に留まっているような状態になればしめたもの、左のゲンコツに巻き付けた糸を右手の人差し指でつくった架空の滑車にかけ、あとはその糸に伝わってくる力と揺れぐあいを頼りに、孤独なブイのように浮かんだ凧だけを見つめて、ふたりはながい時間を過ごした。凧が空にあいた小さな穴になり、そのむこうから誰かがこちらをのぞいているような気がする。空いちめん、巨大な青い布になって地上を覆《おお》い、そこに穴があいているのだ。いまに空気がそこから吸い出され、飛行機に穴が空いたときみたいに、気圧の変化で見ているこちらが空にとびあがっていくにちがいないと、そんなふうに信じたくなるのだった。

「凧は数え切れないくらいつくったんだよ。ところがね、ぼくはどうも和凧の構造上求められる、なんというかな、あのちょっとした遊びの部分をうまく扱えなかった。だから、苦労してこしらえても、飛ぶものと飛ばないものの差がわりあい大きかった。空中での安定度や操作性の面で、心底満足できたものなんて、ほとんどないんだよ。そのなかで、これは例外的によくあがったもののひとつだね。小木曾が両手で凧を支えて、ぴんと張った糸をぼくが斜面をくだりながら一気にあげる。それこそ、ぐわんって感じでこの尻尾《しっぽ》をしたがえて、あのログハウスの上空にぽんと投げ出されたふうだったたな」

「これは、まだ飛びますか？」と大助くんがたずねた。

「どうだろうな。たぶん大丈夫だよ。お父さんと凧あげしたことないの？」

「ありません」

「そうか」

愚問だったかもしれない。小木曾さんは心肺機能がひとより弱くて、それでスキーもなるべく避けていたのだ。助走を任せる手もあっただろうが、大助くんはまだ幼なかったし、時代はもう凧《たこ》あげなんぞを必要としていなかったのである。じゃあ今年の冬、いっしょにあげてみよう、と約束したところで、香月さんはひさしぶりの雪沼をあとにした。通勤電車の窓を横切る物体にはっとしたのは、その翌週のことだった。

いっしょに凧あげをしようと大見得を切ったのはいいけれど、はたして大丈夫だろうか。あのレストランの女主人が亡くなったあとは、建物と土地がそのまま町に寄付され、集会所になったという。一帯に車の出入りも増えて子どもが走りまわるわけにはいかなくなってきているし、祖父も叔母もとうのむかしに亡くなって、割竹をつくることも安価な和紙を手に入れることもできない。あの形見といってもいい凧が壊れてしまったら、自分の手でおなじものを再生するのはもう無理だろう。洞口さんの言うとおり、ぜんぶきれいに説明しよう、きれいにつくろうと考えなければ、それなりのものはできる。こころもち枠を崩したほうがかえってよく飛ぶこことも、経験上わかっていた。しかし、それなりのものはあくまでそれなりなのだと、不器用な香月さんは思うのである。遺品だからこそ、大助くんといっしょにあげる価値がある。壊れてもいいから、ながく浮いていなくてもいいから、ぐんと宙に糸を引いていくさまが再現されればそれでいいのではないか。

そんなことを考えているうち、ガラス窓に映った蛍光灯の反射のなかで、香月さんの脳裡《のうり》にひとつの記憶がよみがえってきた。あれは、大学三年のときだったろうか、九月のなかば、そろそろ授業もはじまる時期で、失った時間の貴さに気づかないふりをしながらなんだかんだと遊び呆《ほう》けていた香月さんの下宿に、すでに専門学校を終えて地元の精密機器メーカーの設計部に就職していた小木曾さんが、泊まりがけで遊びに来たことがある。折悪《あ》しく大型の台風が接近していて、下宿にやってきたその夕刻からすぐ暴風雨となったため町の案内もできず、しかたがないので、むかしばなしをしながら覚えたての酒を飲み、煙草《たばこ》を山のように吸って、あとはテレビニュースを観《み》ていた。わざわざ危険な海岸に雨合羽《あまがっぱ》を着て出かけていった地方局のリポーターが、風洞実験かとみまがう雨風のなかで凧よりもみごとに身体《からだ》のバランスを保ち、「強い風が吹きつけています！」と叫ぶ。それを見て、映像があるんだから言わなくてもわかるじゃないかと野次を飛ばし、まだ暴風域にも入っていない地域からの中継で、非常事態でないことに一抹のやましさを隠せないべつのリポーターの、嵐《あらし》のまえの静けさですなんぞという手垢《てあか》のついたコメントにも、あれは静かなのが悔しいんだよと冷やかしの声をあげた。

ぐたぐた話をしているうち時計の針は深夜をまわり、空が少しずつ明るんで、雨だけはおさまってきた。新聞配達の自転車の軋《きし》みが聞こえはじめてきたころには、アルコールはすっかり抜けてしまい、おまけにひさしぶりにしゃべりまくったせいで、あたまが冴《さ》えてなかなか寝つくことができない。話のネタもなくなって、煙草をふかしながらただぼんやり道路のむこうを眺めていると、斜交《はすか》いにある低層マンションの屋上につきだした給水塔のてっぺんに巻き付けられている青い防水シートが、ぶわんぶわん突風に煽られているのが目に入った。応急処置としてロープかなにかでくくりつけたのだろう、それが途方もない風の力でめくれあがり、逆立った髪みたいにずっと上に口をあけたままになったり、だらりと垂れ下がったりしている。西部劇に出てくる、額にバンダナをしたインディアンのようだ。大丈夫かな、とふたりで眠い目をこすりながら見つづけているうちようやく睡魔が訪れ、窓ぎわに立っていることも億劫《おっくう》になりはじめた、ちょうどそのときだった。ひときわ強烈な風が張り手のように下から吹きあげて、サッシの硝子《ガラス》窓をさえがたごと揺らし、目の前でくねくね踊っていたあの青いシートをめりめりと半分ほど剝《は》ぎ取ったのである。あっと声をあげるまもなく青いひらひらしたエイは固いトタン板のように波打って残りの部分を引きちぎり、ながい尾を引きながら巨大な和凧と化して見えない緩斜面を滑ると、薄く焼けはじめた天空にむかってぐんぐん舞いあがっていった。

解説　しばらく雪沼で暮らす

池澤夏樹

一冊の小説を読むというのは、その間だけ別世界に居を移すことである。『細雪《ささめゆき》』を読む者はその間は戦争前の芦屋《あしや》に行っている。蒔岡《まきおか》家の四姉妹と彼女たちを取り巻く家族の間に身を置いて、波乱に満ちたしかし幸福な時間を過ごしている。『パルムの僧院』を読む間、人はコモ湖のほとりの小さな公国に仮住まいして恋と権謀術数の歳月を送っている。

雪沼でも同じことが起こる。

読者はこの小さな町の住民になって、みんなの生活をそっと見るのだ。住民ではなく天使かもしれない。町の人々の生活に干渉することはない天使。ただ見ているだけ、あるいは大事な局面に立ち会うだけの透明な存在。

今ここでぼくは生活と書いた。暮らしでもいいし、人生でもいい。あるいは生きていくこと。

それがこの短篇集のいちばん大事な素材である。フランス語でいうla vie、英語でならlife、ドイツ語でいうところのLeben、それぞれ一語であるものを日本語ではいくつもの言葉でそっと優しく包囲するように表現する。

（本当はこの本に解説なんかいらないのではないか、とこれを書きながらぼくは考える。この先は余計なことではないか。ぼくもまた作家であるから、この優れた一冊を前にして、どういうからくりで作られているのかと興味をそそられ、精巧な機械をばらばらに分解してしまうかもしれない。一種のリバース・エンジニアリングになってしまったら、読後の感動にひたる読者は白けるのではないか。そう思いながら筆を進める。本文を読むのに役に立つ「解説」ではなく、「付録」だと思っていただきたい。）

雪沼は優しい。

時代遅れで、静かで、品がいい。

この町には住む者を脅かすものが少なく、人は現代的な新製品や開発やブームやキャンペーンや資本の攻勢から一歩離れたところで暮らしている。今もってスーパーマーケットではなく個人商店の町。

それでは退屈ではないかと都会の者は思うかもしれないが、しかし実はここでの暮らしにはドラマティックな起伏もあるし、豊かな感情にも満ちている。派手な激情ではなく、もう少し穏やかで、しみじみとしたもの。

なぜならば人とはもともとそういうものだから。これをノスタルジアと呼ぶべきではない。人の本来の姿への回帰なのだ。

この七つの短篇はみな登場人物の人生がふと変わる瞬間を捕らえて、その瞬間から過去へ戻り、彼ないし彼女のそれまでの人生を鳥瞰《ちょうかん》する形になっている。作者はその時が来るのを彼ないし彼女の傍らでじっと何年も忍耐強く待っていたかのようだ。

その時が来ると、現在の背景に過去が透けて見える。彼らの人生には荒々しい要素もあるけれど、それらはみな過去に属するものであって、現在では充分に風化している（たとえば「送り火」の少年の事故）。

この七つの話に登場する雪沼の住民たちに読者は共感を覚えるだろう。感情移入というほどではなく、まして手に汗を握るわけではないけれど、彼らの人柄に安心して親しいものを覚えるだろう。

それは、彼らがひとしなみに篤実《とくじつ》という資質を備えているからだ。「河岸段丘」の田辺さんは「朝いちばんでと納期を指定されたら、雨が降ろうが風が吹こうが、万難を排して朝いちばんで届けてきた」という具合。

あるいは得意先の老人が作ったとんでもなくまずい麺《めん》を、そもそも麺は苦手で普段ならばぜったいに食べないものであるにもかかわらず、「これは麺であって麺ではないと言い聞かせながらいかにもうまそうに」食べる「ピラニア」の相良さん。

書道塾の先生である陽平さんは、話の始まりではあまり魅力ある男性ではないかのように描かれる。しかし読者はまもなく絹代さんが歳《とし》の離れた彼の妻であることを知らされる。どういう過程を経てそうなったのか、陽平さんにはどんな隠れた魅力があったのか、読者は大いに好奇心をそそられて読み進み、やがてこの好奇心はきっちり満たされる。密やかな愛の経緯を知って、読者はこの夫婦のありかたに心から納得する。ここで鍵《かぎ》となるのもまた陽平さんと絹代さんの篤実な性格だ。

この短篇集では人と人の仲はどちらかといえば淡い。それを補うのは人と道具の仲である。堀江敏幸は道具を書いて当代一の名人だとぼくは思っている。量産品ではなく、長い間ずっと使ってきて持ち主の肉体になじんだ、よしみを通じる仲となった道具。「スタンス・ドット」ならば「ブランズウィック社製の最初期モデル」のピンセッター。「河岸段丘」では脚のボルトのわずかな締め具合の差がすぐ使い勝手に出るような段ボール裁断機。また「レンガを積む」の「木製サイドボードのようなその三幅対のステレオ装置」。ぼくでも懐《なつ》かしく思い出す、トリオかサンスイか、今では音響メーカーとしては存在しなくなったブランドの、出力管も300BやKT88のような伝説的なST管・GT管の名品ではなく、たぶん汎用《はんよう》的なMT管の6AR5、というような装置（と書きながら、ぼく自身が昔に引き戻されている）。

人と人の仲はどこまでも崩れていきかねない。だから作者はその間に道具を配置して人生というシステムの安定性を確保する。いわば定点に杭《くい》を打つ。陽平さんと絹代さんの間をつなぐのは筆と硯《すずり》と墨であり、由くんには自転車があった。今の絹代さんは石油ランプのコレクションに身を託している。

道具は誠実である。道具は人の期待に応《こた》え、それがかなわぬ時にはちゃんと故障して窮状を訴える。直せば元に戻る。その分だけ仲はより深いものになる。かくして人と道具は長い歳月を共に歩むことができる。新製品の出番はない。

道具に最も多く依存する職業は、いうまでもなく職人。「スタンス・ドット」の無名のボウリング場主も、「河岸段丘」の田辺さんも、「送り火」の陽平さんも、「レンガを積む」の蓮根さんも、「ピラニア」の不器用な料理人の安田さんも、人を相手にする時に道具の媒介を要するという意味で職人ではないか。信用金庫という対人的な仕事のはずの相良さんでさえ、どこか人に対して不器用でその分だけ職人的に見える。彼らを作者が「さん」付けで呼ぶだけの敬意には根拠がある。

七つに共通の話の舞台が雪沼。話の間には相互に連携がある。雪沼の北山の斜面にあるスキー場のことは「イラクサの庭」や「レンガを積む」や「緩斜面」に出てくる。「送り火」の絹代さんが通った「雪沼の坂にあった風変わりな西洋料理教室」はまちがいなく「イラクサの庭」の小留知《おるち》先生がやっていたところだ。

この細い連携の糸によって読む者は雪沼というコミュニティーの広さと住民同士の淡々とした行き来を知ることができる。このサイズの町では人と人はこれくらいの距離をおいて知り合っているのだとわかる。

職人は手の跡を消す。一見して静謐《せいひつ》な読後感の背後に作者の策謀と技巧が隠されている。例えば、「レンガを積む」はとても巧妙に作られた英雄譚《たん》だ。

主人公の蓮根さんは特異な資質を持ちながらも、その一方で大きなハンディキャップを負って人生を送る。これはほとんど神話の構図である。

特異な資質とは、レコード店の店員として店内に来た客の風体からその好みを察知して、それに合わせた曲を店内に流して買わせる力。そんなことができるのかと読む者は考える一方で、そういうレコード店員は実在するかもしれないとも思う。小説の作者はその作品の中では全能であるから、彼ができるといえばすべてできるのだ。

ハンディキャップの方は背が低いこと。社会は平均的な人々に合わせて設計されている。それを外れる者はなにかと不便を感じるし、背が低いことは異性に対する魅力の欠如となりかねない。日本人は標準化が好きだから、日本ではとりわけこの種のハンディキャップは影響が大きい。

だから彼は特異な資質によって都会で成功するものの、母の縁で一人で帰郷することになった末、反都会的な基準に沿った理想のレコード店を経営することになる。ハンディキャップを冗談にできるだけの余裕を持つ。ここまでが過去であり、その充足ないし幸福を象徴的に語るエピソードがレンガを積む現在なのだ。落語的な交友が引き出す最後の一行は、まさに職人としての作者の達成を示すものだろう。

しかもこれは耳と音の話であり、その点で「スタンス・ドット」の主人公に通じている。雪沼の地下にはこういう水脈が縦横に走っている。

では、雪沼はどこにあるか？

かつて正徹《しょうてつ》は「吉野山はいずくにありや」と自ら問うて、それは歌の中にしかないと自ら答えた。歌枕《うたまくら》というのはそういうものであり、文学作品の舞台となる土地はいずれもある程度まで歌枕である。

日本の地名で「雪」を冠したところは希《まれ》だ。県名にも大きな都市の名にもない。本来「雪」は地名に選ばれる語ではないらしい。山や川、田や野や谷などの地形を示す言葉と違って、雨や風などの自然現象は地名になりにくい（たぶん同じ理由から姓に使われることも少ない)。

二十年以上の昔、ぼんやりと道路地図を見ていたぼくは、「雨崎」という小さな地名を見つけた。雨が付く地名は珍しく、それにずいぶん詩的だと思ったから覚えておいて小説の中で使った。日常的でない行為の場としてこの地名は効果があった。だから雪沼はないだろう。日本人の自然観からは生まれるはずのない地名なのだ。それを承知で命名された幸福な雪沼は、やはり作者のたくらみの産物、今の日本にはあり得ない場所である。

(平成十九年六月、小説家)

この作品は平成十五年十一月新潮社より刊行された。

雪沼《ゆきぬま》とその周辺《しゆうへん》

新潮文庫　ほ - 16 - 2

平成十九年八月一日発行
令和五年十二月三十日十四刷

著者　堀《ほり》江《え》敏《とし》幸《ゆき》

発行者　佐藤隆信

発行所　株式会社新潮社

郵便番号　一六二―八七一一
東京都新宿区矢来町七一
電話　編集部(〇三)三二六六―五四四〇
　　　読者係(〇三)三二六六―五一一一
https://www.shinchosha.co.jp

価格はカバーに表示してあります。

乱丁・落丁本は、ご面倒ですが小社読者係宛ご送付ください。送料小社負担にてお取替えいたします。

印刷・株式会社精興社　製本・株式会社大進堂

ISBN978-4-10-129472-8 C0193